講談社文庫

八丁堀日和

臨時廻り同心日下伊兵衛

押川國秋

講談社

目次

臨時廻り同心日下伊兵衛
八丁堀日和

〈臨時廻り同心日下伊兵衛／主要登場人物〉

日下《くさか》伊兵衛《いへえ》　南町奉行所臨時《りんじ》廻《まわ》り同心。名うての定廻《じょうまわ》りだった。
日下新一郎《しんいちろう》　南町奉行所同心。伊兵衛の長男。心形刀流《しんぎょうとうりゅう》の伊庭《いば》道場に出入りする。
萩乃《はぎの》　伊兵衛の妻。亭主とは冷え切っていたが縒《よ》りを戻す。
おさわ　南小田原町の新内《しんない》の師匠。伊兵衛が通っていた。不治の病に冒される。
矢田部《やたべ》謹之助《きんのすけ》　伊兵衛の先輩格の臨時廻り同心。
理恵《りえ》　矢田部の長女。嫁ぎ先から出戻るが、新一郎と祝言を挙げ、子をなす。
芳江《よしえ》　矢田部の次女。北町奉行所与力堀田《ほった》清左衛門《せいざえもん》の三男利三郎《りさぶろう》と婚約。
佐藤玄朴《さとうげんぼく》　医師。日下家の店子だったが、診療所を開き、おさわを診《み》ている。
初《はつ》　伊兵衛の娘。
文蔵《ぶんぞう》　伊兵衛の年嵩《としかさ》の御用聞き。捕り物の最中に右手首を失う。
辰平《たつへい》　伊兵衛から新一郎の御用聞きになった。臍平《へそへい》のあだ名も。
新吉《しんきち》　伊兵衛の新しい御用聞き。雲母橋《きらずばし》の旅籠《はたご》瓢簞屋《ひょうたんや》の主《あるじ》となる。
細田《ほそだ》惣兵衛《そうべえ》　年番与力。新一郎と理恵の祝言の後見人をつとめた。
鎌田《かまた》八郎太《はちろうた》　南町奉行所同心。新一郎の上司。
池田《いけだ》八十平《やそへい》　吟味方《ぎんみかた》同心。伊兵衛の組屋敷の隣人。
佐吉《さきち》　事件で父を失い孤児となるが、玄朴の診療所で見習い中の少年。
トキ　上総《かずさ》の農家に住むおさわの妹。

横恋慕

（一）

美しい季節が過ぎようとしている。

空は青く澄んで、吹く風は爽《さわ》やかに、木々の緑も眩《まぶ》しいほどに輝いている。

日下伊兵衛《くさかいへえ》はこの季節が、一年のうちで一番好きである。

町の人の表情も生き生きとして、声も明るく弾み、生気に満ちているように思える。

時刻を告げる時の鐘や、芝居小屋の太鼓の音、かわら版の売り声さえも、心なしか、人々の心を弾ませる響きがあった。

伊兵衛は毎朝五ツ半ごろ組屋敷を出る。

南町奉行所までの道も、この十日あまり決まった道筋はない。

その日の気分次第で、越中殿橋《えっちゅうどのばし》を渡り、南伝馬町《みなみでんまちょう》から京橋《きょうばし》を通ったり、ある時は、本八丁堀《ほんはっちょうぼり》から弾正橋《だんじょうばし》を過ぎ、三拾間堀《さんじっけんぼり》沿いを歩いたりする。

後に従う小者の弥助《やすけ》も、近頃は心得たもので、伊兵衛がたまに中ノ橋《なかのはし》を越え、南八丁堀から木挽町《こびきちょう》沿いに歩いても、黙ってついて来る。

道すがら、伊兵衛の頭を去来するものは、ただおさわのことだけである。

医師の玄朴《げんぼく》のところに身を寄せてから、もう十日ほど経っている。

さすがに起居には馴れたのか、表情にも落ち着きが出て、伊兵衛が見舞いに訪れたときも、あまり痛いとは言わなくなっていた。

もしかしたら、このまま昔の元気を取り戻すのではないか、とさえ思ったりするが、見る度《たび》にほっそりとなってゆく身体や、透けるように白くなってゆく肌を目の当たりにすると、ああ、やっぱりおさわは死につつあるんだなと思う。

ある時は言いようもなく悲しく、おさわの運命が哀れで、人目も憚《はばか》らず抱きしめてやりたい衝動にかられる。

またある時には、この女の運命は、生まれた時からもう定まっていて、死ぬのはそれに従うだけのことだ、と冷静に考えたりする。

そうした伊兵衛の心を知るよしもない隣家の池田八十平《いけだやそへい》は、このところ、申し合わせたように伊兵衛と肩を並べて出仕《しゅつし》している。

「いい陽気になりましたね」

と八十平は言う。

「ああ、一年じゅうこんな季節だと、外廻《そとまわ》りも楽なものだが」

伊兵衛が答えると、八十平は、

「しかし、それではめりはりがなくてお困りでしょう。やはり寒い冬があり、暑い夏があって、はじめて今がいい時だと思えるのではないですか」

としたり顔で言うのだ。

伊兵衛は、「それは年じゅう町奉行所に居る人間の言うことだ」とやり返そうと思ったが、八十平の吟味方《ぎんみかた》としてはやや迫力に欠けた顔を見ると、何となく口を噤《つぐ》んでしまう。

去年、養子として迎えた格三郎《かくさぶろう》も、元気に士学館《しがくかん》道場に通っているらしく、八十平も妻の喜代《きよ》も、近頃平穏な顔をしている。

「近いうち、嫁の帯祝いをしようと思っているんだが、ご来臨願えますかな」

伊兵衛は出し抜けに言った。

「ほう、もうそんなになりますか」

八十平はそう言って、ちらっと怪訝顔《けげんがお》を見せた。月が合わないのだ。

「新一郎《しんいちろう》の奴め、親には内緒で、その方の手は早いようで」

伊兵衛は、どこかくたびれたような笑い方をした。

〈親に似て——〉と言おうと思ったが、余計な事だと口を噤んだ。

南町奉行所に顔を出すと、同じ臨時廻《りんじまわ》りの矢田部謹之助《やたべきんのすけ》が、すぐに寄って来た。

率直な性格のこの男は、娘の理恵《りえ》が伊兵衛の嫡男の新一郎と結婚をし、子供まで身《み》籠《ご》もったことで、手放しで喜んでいた。

「いつにする？　帯祝いは」

と小声で言う。

「まだ決めては居らんよ」

伊兵衛はわざと素っ気なく答える。

理恵の帯祝いが済めば、その次には、妹の芳江《よしえ》の祝言が待ち受けている。

謹之助はその日が待ち遠しくて、理恵の帯祝いを急《せ》かせるのだと伊兵衛は思った。だが、こうした内祝いごとは、すべて女の領分である。妻の萩乃《はぎの》がまだ黙っている以上は、伊兵衛がいつにするかは言えないのだ。

「おかしいではないか。少しでも長く、芳江さんは今のままで置きたいのだろう」

伊兵衛が言うと、謹之助は、

「いや、それはそうだが――こうして決まってしまうと、いっそのこと早くやってくれという気もあってな」

とそう言った。

伊兵衛は、娘の初《はつ》の輿入《こしい》れのときのことを思い、人それぞれに違うものだなと考える。

初が小田切《おだぎり》家に嫁ぐときは、平凡な親の喜びと、妙にホッとした気持ちだった。

伊兵衛は親戚になって間もない、酔うと涙もろい謹之助の顔を、改めてしげしげと見つめた。

〈この男、実際に、仲良くしている娘と婿を目の前にしたら、一体どんな顔をするのだろう〉

とそんなことを考える。

「ところでどうだ、新一郎殿と理恵は。うまくやっているか？」

「それは聞くまでもないだろう。お蔭で新一郎は変わった」

「ほう、どう変わった？」

「言わん」

伊兵衛は、半分は冗談で、そう突っぱねて答えた。

謹之助はニヤリと笑って、

「まあ、おぬしの家も俺の家も、平穏無事で何よりだ」

そう言って傍《そば》を離れた。

だがその夜、南町奉行所を驚かせる二つの殺人事件が起こった。

築地《つきじ》の堀に面した長屋の一軒で女の死体が発見されたのである。

年の頃は二十歳前後で、名前は露《つゆ》、結婚して間もない美しい女であった。

発見されたのは今朝で、隣の女房が一緒に豆腐を買おうと家の中を覗《のぞ》いたら、畳の上で倒れていたのである。

驚いた女房はそのまま自身番へ駆け込んだが、それから幾らも経たないうちに、二つ目の死体が、鉄砲洲《てっぽうず》稲荷《いなり》の近くの猪牙舟《ちょきぶね》の上で発見されたのだ。

死体は男で、年齢は二十五か六、上背の高いいなせな人物であった。

南奉行所は榊原作之進《さかきばらさくのしん》と鎌田《かまた》八郎太《はちろうた》を現場に急行させたが、その結果分かったことは、長屋で殺されていた露と、猪牙舟で死んでいた政吉《まさきち》という男は、なんと新婚間もない夫婦であった。

日下新一郎は、鎌田に従って船松町《ふなまつちょう》の長屋の方に行った。

露の死体はそのままにしてあって、町役人や関わりのある人間が数人呼ばれ、どぶ板には大勢の野次馬が溢《あふ》れている。

露は少し着物が乱れ、うつ伏せになった首には、明らかに絞められた跡があった。

「わたしは、お露さんの身体には指一本触れていませんよ」

最初に見つけた女房が言った。

「昨夜、最後にこの女を見た者は誰だ？」

鎌田が、周りの顔を見ながら尋ねた。

「あっしが、夜の五ツ頃でしたかね、仕事から帰って来たときに顔を合わせやしたよ」

と壁一つ隔てた隣の男が答えた。

仙三《せんぞう》という壁塗り職人で、そろそろ三十に手の届く一人者であった。

「どうだ、その後に見た者は居ないか？」

鎌田は一同を見やったが、五ツ以後に露を見た者はいなかった。

「夫婦仲はどうだ？」

と今度は町役人に向かって尋ねた。

「それはもう、非のうちどころのない夫婦でして。この長屋に来てまだ三ヵ月ですが、亭主の政吉は、猪牙舟の船頭にしておくには勿体《もったい》ないような男ですよ」

「露と一緒になってから、こちらに移って来たんだな？」

「へい。お露さんは船宿の娘でして——親の許しを得て、この長屋で水入らずの暮らしをしていたんですよ」

「見たところ、露の身体は殺されてかなり経っているが、昨夜《ゆうべ》異様な物音とか声を聞いていないか？」

鎌田は、隣に住んでいる仙三に尋ねた。

「音でやすか、さあて、昨夜は仲間と酒をのんでましてね、横になるとすぐ眠ってしまって——お露さんの声を聞いたかも知れませんが、それも夢うつつで」

仙三は申し訳なさそうに言った。

鎌田は急に新一郎を振り向くと、

「木戸番と、長屋の周囲を調べてくれ」

と言った。

新一郎は外に出ると、そこに控えていた辰平《たつへい》と忠平《ちゅうへい》を連れて木戸番屋に行った。

「まことに申し訳ございません。夜の四ツに門を閉めるまで、別に変わった人間は見ていませんので」

かなり年をとった木戸番は、心から恐縮した顔で言った。

「見慣れぬ人物の出入りは、一人も見なかったと言うんだな？」

新一郎が、念を入れてもう一度尋ねると、木戸番は頼りない表情をして、

「それが、商いをしておりますので、ときどき、そちらの方に眼を取られたりするものですから」

と曖昧《あいまい》な返事をした。

番小屋の中には、藁草履《わらぞうり》や下駄の他に飴玉《あめだま》などが置いてあった。

新一郎は、この木戸番は、見慣れぬ人物の出入りを見落としているかも知れないと思った。

踵《きびす》を返して、堀の方に行くと、稲荷の祠《ほこら》があり、そこから露の住んでる長屋の裏が見通せた。

堀とのあいだに狭い余地があり、水辺へおりる石を置いた段があって、長屋の者はそこから堀の水を利用するようになっていた。

その日の午後、南町奉行所に帰って来た榊原作之進は、猪牙舟で死んでいた政吉について、次のような報告をしていた。

昨日の夜、六ツ半頃に猪牙舟で南八丁堀四丁目の船宿を出ると、そのまま浅草山谷《あさくささんや》堀《ぼり》の船着場に向かった。

吉原《よしわら》の廓《くるわ》に行った客を迎えに行く約束があったからである。

政吉は他の船頭が嫌がる仕事を、いつも二つ返事で引き受け、義理の親である船宿のあるじを感心させた。

「ところが、山谷堀から南飯田町《みなみいいだまち》まで客を運んだ後、それっきり行方が分からず、船宿でも心配していたというのです」

榊原はそう言った。

「そうすると、船宿のあるじは、昨夜のうちに娘と婿を殺されたというわけだな」

その場に居合わせた伊兵衛が言った。

「いや、殺されたのかどうかはまだ分かりません。死んだ政吉は首を斬っていて、猪牙舟の中に匕首《あいくち》があったのです」

「自分で斬ったというのか？」

鎌田が異を唱えるように言った。

「だから分からんと言っているのだ」

榊原が少し尖《とが》った答え方をすると、鎌田はすぐに、

「船松町の長屋で聞くと、露との夫婦仲はとてもよかったそうだ。政吉が自分で首を斬るはずは無いよ」

と自信に満ちた顔をした。

「ちょっと待ってくれ。船宿のあるじは、時刻になっても帰らない政吉を心配して、娘の露のところに行っていないのか？」

伊兵衛が尋ねた。

「それはまだ調べていません。猪牙舟に乗っていた客も、いま手下の者が調べているところです」

榊原がそう答えた。

幸福に暮らしていた若い夫婦が、どうして同じ夜に生命を落したのか、一切はまだ謎であった。

その夜、伊兵衛が組屋敷に帰ると、新一郎が尋ねて来た。

「理恵はどうしてる？」

伊兵衛が尋ねると、

「芳江さんに手紙を書くとか言って」

と新一郎は答えた。

「手紙を？　こんなに近くに住んでいるのにどうして」

妻の萩乃が訝《いぶか》しそうに言った。

「さあ。結婚をするので、女同士で言いたいことがあるんでしょう」

新一郎はそう言うと、今日の二つの殺人事件について切り出した。

「夕方になって、辰平の報告を聞いたのですが、猪牙舟の客は、南飯田町で藍玉《あいだま》問屋をやっている人物でしてね、政吉という船頭が死んだと聞いてびっくりしたそうですよ」

「舟に乗ってるときは、全然そんなふうには見えなかったということだな」

「はい。普段と何一つ変わったところはなくて、祝儀もはずんだそうです」

「それが鉄砲洲の稲荷まで来て、舟の中で死んでいたというわけか。別れたのはいつ頃なんだ」

「さあ、かれこれ四ツ半頃になってたそうです」

「自分で生命を絶つとも思えないし、だからと言って、誰かに殺される心当たりも無いのだろう？」

「榊原さんの手先の報告だと、船宿のあるじ夫婦は絶対にそんなことはあり得ないと言っているそうです。政吉が人に生命を狙われるなんて、どうしても考えられないと」

「南飯田町から帰る途中、船松町の露のところに寄ったということは無いのかな、帰り道だし」

「それはあったかも知れませんが、肝心の露が死んでいるので、寄ったか寄らなかったかということは、今のところ知りようがないんです」

伊兵衛は口を噤んだ。

露は長屋で首を締められて死に、隣の仙三という左官は、半分は夢うつつで露の声を聞いたと言っている。

夢の中のことだから、勿論《もちろん》たしかなことではないが、もしそれが、露が殺されるときの声だったとすれば、時刻は何時か、その前後に亭主の政吉が顔を見せているのかどうか、全く霧の中である。

「問題は、露と政吉は同じ人物に殺されたのか、それとも別の人間に殺されたのか、ということですよ」

新一郎は辛抱強く言った。

「それは二人が殺された時間にもよるが、同じ人間がやったとは思えないな。露は首を絞められているし、政吉は匕首で喉《のど》を斬られている」

「それはそうですね。猪牙舟に乗ってる政吉に、賊はどうやって近づいたのでしょう。岸から泳いだのですかね」

伊兵衛は答えようがなかった。

同じ夜に、若い夫婦が別々に殺され、犯人の手がかりは何一つないのだ。

奇妙な事件であるが、被害者になった露といい、亭主の政吉といい、みんなが口を揃《そろ》えて褒《ほ》めるほど、愛情と善意に満ちていたということがいっそう哀れだった。

（二）

翌日の午後、伊兵衛はおさわを見舞うために玄朴の診療所へ行った。

文蔵《ぶんぞう》や新吉《しんきち》はそれぞれ町を廻り、弥助は組屋敷へ帰した。

「いいか、俺が指図するまでは、殺された若い夫婦のことには手を出すな」

文蔵と新吉にはそう言っといたので、二人が事件に首を突っ込むことはない。

辰平だけが、新一郎と一緒にせっせと聞き込みに動き回っていることだろう。

玄朴は相変わらず患者を診ていた。

「お邪魔を致します」

と伊兵衛が声を掛けると、玄朴は黙って会釈を返した。

二階に上がると、布団の上に坐《すわ》ったおさわと佐吉《さきち》が、何やら喋っているところだった。

「やあ、どうだね」

伊兵衛が声を掛けると、佐吉は、

「おじさんは嘘つきだって言ってたんだよ」

と口を尖らせて言った。

「ほう、どんな嘘をついた？」

「ほらネ」

と佐吉は、おさわの顔を見て言った。

「あなたはこの佐吉さんに、父親の墓参りに連れて行くって言ったでしょう」

おさわがそう言い、伊兵衛はハッとなって、

「あ、悪い悪い。すっかり忘れていた」

と額に手をやった。

「それみろ。おいらはずっと待っていたのにさ」

「いや、忘れていたわけじゃないのだが、つい忙しさにかまけてな。よし、今度暇を見つけて連れて行く」

「へへっ、その今度が怪しいもんだ」

佐吉は立って、そう言いながら階段のところに行き、

「浅草の観音様もだよ」

と言って、下へおりて行った。

「ほんとに面白い子」

おさわはそう言ってニッコリした。

「布団なんかに座って、段々と病人らしくなってきたな」

伊兵衛が冷やかすと、

「あーら、さっき佐吉さんが出してくれたのよ、しばらく痛みがきたから」

「薬は飲んだのか？」

「ええ、それはもうしっかり」

「水菓子でも買ってくれればよかったな」

「格好がつかないわよ、粋な町奉行所のお役人が」

伊兵衛は仕方なく笑った。

こうして面と向かうと、おさわとのあいだには意外と話題がないのである。おさわはもう新内《しんない》の稽古《けいこ》もせず、滅多に外へも出歩かないので、自分の方からあれこれ話すこともない。

伊兵衛は伊兵衛で、酒を飲むわけにもいかず、帯祝いだの祝言の話は、おさわの手前喋《しゃべ》るのを憚った。

「上総《かずさ》の妹だがな、南小田原町《みなみおだわらちょう》の長屋にも手紙はきていない」

「きっと忙しいのよ」

おさわはそう言い、すぐ声を落して、

「ずっと長いこと、音信不通だったんだもの、急に会いたいと言っても、妹だって都合があるわよ」

としんみりと言った。

伊兵衛は何故《なぜ》か、会ったこともないおさわの妹のことを思った。今頃は野良で働いているのだろうか。まだ少女だった日、江戸へ行った姉のことを、どんなふうに思っているのだろう。

伊兵衛は、昨日殺されて見つかった夫婦のことを話した。

「人間は罪深いことをするもんだぜ。惚《ほ》れあって、一緒になって、幸福に暮らしてる男と女を、殺してしまうのだからな」

「よっぽど憎かったのね。その犯人はきっと、二人じゃなくて一人よ」

「どうして？」

「何故だか分からない。だけどわたしにはそう思えるのよ」

「うん、或《ある》いはそうかもな。二人の人間が、同じ夜に女房と亭主を別々に狙うなんて、ちょっと考えられない」

伊兵衛はなんとなく、おさわの言うことを素直に受け止めていた。

「だけど、どうしてそんなに憎まれたのかしら。政吉という人だっていい人だし、お露という若い内儀《おかみ》さんだって、とてもそんなに人の恨みをかう人間だとは思えないけど」

おさわは言った。

その通りだと伊兵衛も思う。

だけどそこが人間の難しいところで、なんの罪科《とが》もなく、世間や他人に対しても、全くの善意で暮らしてる人だって、殺されてしまうことがあるのだ。

「あなたがその犯人を捕まえるのよ。人間の皮を被《かぶ》ったどんな獣《けだもの》か見てやりたい」

おさわは本当に憎しみを込めて言った。

診療所を辞するとき、伊兵衛は玄朴に尋ねた。

「先生、二人の人間を殺すとき、女房は手で絞め殺して、亭主は匕首で首を斬るということが、実際あるものでしょうか？」

「無いこともないですね」

玄朴は穏やかに答えた。

女はそんなに抵抗力がないから、首を絞めて殺すことが出来る。まして、その女に邪《よこしま》な下心を抱いている男ならなおのことである。

亭主の方は力も強いから、初めから刃物を用意することも考えられるという。

伊兵衛は、〈邪な下心〉というのが気になった。

「すると賊は、女房の方に横恋慕をしていたってことですか？」

「いや、もしそういう男だったらということですよ」

「なるほど」

伊兵衛は、ぽっかりと眼の前が明るくなったような気がした。

露は清楚で美しい女である。

誰かが横恋慕して、亭主の居ない隙《すき》に言い寄ることは考えられないだろうか。

可愛さ余って憎さが百倍という言葉もあるように、意のままにならない女に腹を立て、殺してしまったということは考えられないだろうか。

だが、もしそうだとしても、ずっと離れた鉄砲洲の、それも川に浮かんだ猪牙舟の上で亭主まで襲うとは、犯人の心も行動も理解し難かった。

やはり別々の人間の仕業だろうか。

伊兵衛は、どこまで行っても解けぬ謎を抱えたまま、玄朴の診療所を出た。


夕方、南町奉行所の中にはなんの変化もなかった。

露という女が殺されたことも、政吉が猪牙舟で首を斬られて死んでいたことも、色めき立つような情報はなんにもないのだ。

伊兵衛は、露という女に横恋慕していた男というのが、頭を離れなかった。

組屋敷に戻ると、家作の窓からも灯が漏れていた。

胸の中に、なんとなくふんわりとした気持ちがわいてくる。

伊兵衛は思い切って、家の中を覗いた。

夕餉《ゆうげ》の支度をしていた理恵が、驚いたように振り向いた。

「あら、お舅《とう》さま」

「新一郎は遅くなりそうか？」

「はい。朝出て行くときに、なんだかそのようなことを——まあお上がり下さい」

「いやいや、また出直して来る。邪魔して悪かった」

伊兵衛は、なおも引き止める理恵に頭を下げ、家作を離れた。

理恵のお腹が、また少し膨らみを増したように見えた。

組屋敷の玄関を入ると、妻の萩乃の「お帰りなさいませ」という声が聞こえた。

伊兵衛は寝室に入り、着物を一人で着替えながら、今日は萩乃の機嫌がよさそうだと思った。

昼間に家に帰された弥助から、伊兵衛がおさわのところに行ったことは知っているはずである。

それでもこうして明るく振る舞えるのは、彼女にとっておさわという存在は、もう取るに足りない、過去のことなのだろうか。

居間に入ると、萩乃は勝手で立ち働いていた。

「いま思い出したのですけど、あの佐吉という子供は、玄朴先生のところでどうしているのですか？」

「うまくやってるよ。先生も重宝してると言っていた」

伊兵衛はそう答えながら、本心はおさわのことを聞き出したいのだと思った。

「世の中は願ったようにはいかんものだ」

伊兵衛はそう言い、萩乃の方を見やった。

何が願ったようにいかないのか、言われた方には謎である。

「何がですか？　願ったようにいかないなんて」

「それはまあ、いろいろなことだ」

伊兵衛は少し間を置いて、政吉と露夫婦の話をした。

「殺された船頭夫婦だって、なんの非もなく暮らしてたのに、あんな無惨な殺され方をした。つくづく、神も仏もあるものかと思いたくなる」

「非があったかどうか、そんなこと調べてみなくては分からないでしょう」

伊兵衛は、理屈はそうだと思いながら、黙っていた。

「おさわさんは、その後どうなんですか？」

萩乃は、さっきから聞きたかったことを、ようやく切り出した。

「変りはない」

伊兵衛は平然と答えたつもりだったが、どこか、おさわの話を拒否してるところがあった。

萩乃もそれ以上は聞かなかった。

「ところで、理恵の帯祝いだが、いつにするかな」

「そうですね、新一郎の非番の日はどうでしょうか。あなたはいつでも休みが取れるでしょうから」

「馬鹿を言うな。わしだって勤めは厳しいんだ。矢田部殿のことだってあるだろう」

伊兵衛はわざと不機嫌そうに言った。

食事を終えて間もなく、新一郎が顔を見せた。

「父上、何か急ぎの用でもあったのですかわたしに？」

「いや、船松町の事件がどうなってるのかと思ってな」

「いやあ、露も政吉も、殺された時刻が分からないし、猪牙舟の方は、どうやら杭に縛り付けられていたらしいのですよ」

「誰か人影を見てないのか？」

「今のところは全くありません。取りつく島が無いってこのことですよ」

新一郎は怒ったような顔をした。

「しかし現実に、二人は殺されているんだ、何か手がかりはあるはずだよ」

「それはそうですがね、今日のところは全くそれが――」

「露という女に、ひそかに言い寄っていた男が居たとしたらどうだ」

「ええッ？」

新一郎は、まさかという顔をした。

「居ないとは限らないだろう」

「そいつが殺したというのですか？」

「そうだ」

「しかし、それなら露という女も大声を出すはずだし、隣の仙三という男だって、もっとはっきりその声を聞いてるでしょう」

伊兵衛は口を噤んだ。

新一郎の言うことも尤《もっと》もだと思った。

だがしかし、声を殺して言い寄っていた男が、激情のあまり、露が助けを呼ぶ間もなく首を絞める、ということだってあるのだ。

「とにかく死人には口がありませんから、周りを徹底的に調べるより方法がありません」

新一郎はそう言った。

「新一郎、理恵さんの帯祝いは、あなたが非番の日にしましょう」

それまで黙っていた萩乃が、有無を言わさぬ口調で言った。


明くる日、伊兵衛は弥助に水菓子を持たせて、おさわのところに行かせた。

「機嫌がよかったら、暫《しばら》く話し相手をしてやってくれ」

と言って出した。

文蔵と新吉の二人を連れて、自分は南八丁堀四丁目の船宿に行くと、露の父親である清造というあるじと会った。

娘と婿を同時に失くしたのに、清造は気持ちの強そうな顔をしていた。

「露という娘さんのことだが、誰か他に言い寄った男はいなかったかい？」

「誰かって言いますと？」

清造は思いがけない質問をされたように、伊兵衛の顔を見返した。

「いや、或《ある》いは不躾《ぶしつけ》な質問かも知れねえが、娘さんの方にはそんな気持ちはなくても、想いを懸けた野郎がいたかも知れねえと考えてみたんだ」

「へえ、それはあっしも考えてみましたが、まさか殺すなんてことは――」

「居たのか、そんな奴が？」

「まだ嫁入りをする前に、指し物大工をしている男がしつこく言い寄って、露も困っておりやした」

「どこの誰だ？」

「幸町《さいわいちょう》の茂次《しげじ》という男ですよ。あっしも一度会ったことがありますが、案外物分かりのいい男だと思いやしたがね」

「他にも居るのか？」

「本湊町《ほんみなとちょう》の料理茶屋の伜《せがれ》で、喜三郎《きさぶろう》という男がしょっちゅう遊びに来てましたよ。にやけたよく喋る男でして、お露のやつも頭っから相手にしてませんでしたよ」

「露さんが嫁にいってからはどうなのだ？」

「へい、そりゃあ現金なもので、まるっきり顔を出しません――あいつらがお露の生命を狙ったとお考えで？」

「いや、疑わしい人間を片っ端から当たろうと思ってるだけだ」

「そりゃあ有り難えことで。このままじゃお露も浮かばれません」

「亭主の政吉の方はどうだ。誰かと争ってたとか、金の貸し借りがあったとか、そんな話はねえかい？」

「それはありませんね。あっしが言うのもなんですが、あの男に限ってまったくそんなことはありません、ええ、それだけは保証しますよ」

清造は太鼓判を押すように言った。

船宿を出ると、伊兵衛は文蔵と新吉に言った。

「文蔵は指し物大工の茂次を当たってくれねえか。新吉は料理茶屋の伜の喜三郎の方を頼む」

「分かりやした」

「合点です」

文蔵と新吉は勢いよく返事をすると、幸町と本湊町の方へ別れて行った。

夕刻町奉行所に戻ると、先に帰っていた謹之助が、

「今度の戌《いぬ》の日はいつだ？」

と尋ねた。

「知らないよ。理恵さんの帯祝いの日か？」

「そうだ。あれは戌の日にやるのがいいのだろう」

「そうらしいな。だが萩乃はもう、今度新一郎が非番の日だと決めた」

「そうか。もし出来たら、誰かと交代で休めたらいいんだがな」

「うむ。まあ、今夜新一郎とも相談してみよう」

二人はそんな言葉を交わし、町奉行所も一緒に退出した。

組屋敷に帰ると、新一郎はまだ帰っていないらしかった。

井戸端で顔を洗っていると、弥助が近づいて来て、

「旦那《だんな》、あの、おさわさんのことですが」

と恐縮したように言った。

「どうかしたか？」

「大変苦しそうで――旦那には黙っていてくれと言われたんですが」

伊兵衛は別に驚きはしなかった。

「明日行ってみよう。すまなかったな」

「いいえ、とんでもねえことで」

弥助は頭を下げて、家の中へ入って行ったが、伊兵衛は長いことその場を動こうとしなかった。

おさわの痛い苦しみが、伊兵衛の肌に伝わるような気がした。

おさわはやっぱり、近いうちに死んでしまうのだということを、自分に言い聞かせていた。

理恵の帯祝いは、やっぱり新一郎の非番の日に行われた。

矢田部夫婦は戌の日を希望したが、なかなか思うように休みが取れなかったのである。

その日は後見役を務めた年番与力、細田惣兵衛《ほそだそうべえ》が招待され、理恵の実家である矢田部家からは米、小豆《あずき》、鰹節《かつおぶし》が贈られ、隣の池田八十平、喜代夫婦、小田切仙三郎《せんざぶろう》と初、佐藤《さとう》玄朴らが連なった。

正面に坐った理恵は、少し居心地が悪そうにしていたが、酒が回り、みんなの話し声が高くなると、自分もすっかりくだけて、女同士話が弾んだ。

近く祝言を挙げる芳江も、楽しそうに姉妹で話をして、笑った。

萩乃も今日は上機嫌だった。隣家の喜代ともこんなにお喋りするのは久し振りだし、初も、謹之助の妻のまつも、少しの酒で陽気になっていた。

「内々の祝い事というのは、なかなかいいものだな」

謹之助はすっかり上機嫌で伊兵衛に話しかけた。

この男にとっては、こんなめでたいことは後何度あるだろう。

長女の理恵は、離縁されると間もなく新一郎という新しい伴侶《はんりょ》を得、諦《あきら》めていた子供も生まれる。

そして妹の芳江も、北町奉行所与力の三男を婿として迎えるのだ。

謹之助に言わせれば、可愛い娘が赤の他人に抱かれるのは、身をキリキリと縛られるように辛いというが、それとても贅沢《ぜいたく》な悩みである。

「そのうち、わしやおぬしの葬式で、みんなこのように集まるのだ」

「ははは、縁起でもない。葬式で集まるのがなんで楽しいものか」

「そう思うのは勝手だがな、おぬしが今言った通り、みんな集まるのはいいことだよ」

伊兵衛はそう言いながら、おさわが死んだら葬式はどうするか、ふと考えた。

おさわの性格からしたら、大勢集まって賑《にぎ》やかな方がいいだろう。

身寄りが無いからと、大家に喪主になって貰い、隣近所は勿論、新内の弟子たちも集めたらどうだろう。

新内の弟子たちは金持ちが多いから、さぞ立派な葬式になるに違いない。

伊兵衛はあれこれ考え、我にかえって激しい寂しさに襲われた。

あのおさわの葬式のことを考えるなんて、かつて思いもしなかったことだった。またいつもの感傷が胸に込み上げる。周りの人間は、誰一人、おさわが死病に取りつかれて苦しんでいることを知らない。

そう思うと、眼に映る楽しそうな顔が急に疎《うと》ましく感じられる。

その中に萩乃の顔があった。

お喋りをしてる横顔が、伊兵衛に強い圧迫感を与えた。

「日下さん、今日の理恵さんは、また格別美しいですな」

玄朴がそう言って、伊兵衛に酌をした。

「あ、いやいや、これはどうも」

伊兵衛は不意をつかれたように、畏《かしこ》まってしまった。

「新一郎さんも、どんなに理恵さんのことを愛しているか、傍目《はため》にもはっきりと分かりますよ」

「あいつも、もうすっかり父親気分になりおって、ははは」

伊兵衛は調子外れに笑った。

「生まれる人間がいれば、死ぬ人間もいる。それが世のならいとは言え、やっぱり諸行無常ですな」

「全くです」

伊兵衛はそれしか言えず、すぐ言葉を続けて、

「先生、おさわは、後どのくらいですか？」

と尋ねた。

「わたしにも分かりません。強いて言えば、二ヵ月か三ヵ月でしょう」

伊兵衛は心の中で、〈どうぞそれまで、宜《よろ》しくお願いします〉と言いながら、玄朴の顔を見つめた。

（三）

次の日、伊兵衛がおさわを訪ねると、

「おめでとう」

とおさわはやや力の無い声で言った。

「なんの事だ？」

伊兵衛はすぐ帯祝いの事だなと思ったが、わざととぼけた顔をした。

「理恵さまは綺麗だったそうですね」

「先生から聞いたのか。まあ、あれは新一郎には過ぎた女だ」

「初めての内孫が出来るのね」

「そうだ、時が経つのは早いものだよ。子供だ子供だと思っていた新一郎が、もう父親になるんだからな」

おさわは何故か、ふっと口を噤んだ。

「身体の具合はどうだ？」

伊兵衛はついそう聞いた。

「わたしに尋ねてどうするのよ」

おさわはどこか棘《とげ》のある言い方をし、

「昨夜《ゆうべ》、妹の夢をみたわ」

と話を変えた。

「どんな夢だ？」

「それが何にも言わないの。別れた時のままの顔で、水遊びをしているのよ。わたしがいくら呼んでも、振り向きもしないで唄を歌っているの」

「どんな唄だ？」

「それは覚えていないけど——妹はわたしよりいい声をしていた。いつも一人で歌って。いま思うと、寂しい唄ばっかり歌っていたような気がする」

「もう一度手紙を出したらどうだ。俺が代筆をしてもいい」

おさわは黙っていた。

「今度は、身体のことを少しは書いたらどうだ？」

「よしてよ。ただでさえ気が引けてるのに、病気をしてるなんて、そんな哀れっぽい手紙を——」

「馬鹿を言うな。本当に妹に会いたかったら真実を言うんだ。そんなに気取ってる場合ではないだろう」

「もうすぐ死ぬって書くの？」

伊兵衛は一瞬、言葉をのんだ。

おさわの言ったことは嘘ではない。あと二ヵ月か三ヵ月でおさわは死ぬのだ。

だから会いに来てくれ、と言うのは伊兵衛のいう真実なのだが、おさわにとってはあまりに身勝手な言い分だった。

「そんなに自棄《やけ》になることないじゃないか。いま身体が悪いとだけ書けばいいんだ」

伊兵衛はそう言ったが、おさわの機嫌は直らなかった。

上総の妹はどうしているのか。その消息も分からないまま、伊兵衛は玄朴の診療所を出た。

自分の死を予感したおさわが、唯一会いたい肉親が、いまどうしているのか分からない妹なのだ。


伊兵衛は築地の南飯田町に向かった。

「政吉が殺されたのは猪牙舟だ。女房の露を絞め殺した人間が、政吉の生命も狙うというのはどうも考えにくい。そうは思わねえか弥助」

伊兵衛は、後ろからついて来る弥助に言った。

「へい。わたしもそう思いやすんで。漕《こ》いでる猪牙舟にどうやって乗り移ったのか――」

弥助は途中で言葉を切ったが、伊兵衛には言おうとすることが分かった。

猪牙舟は杭に繋《つな》がれていたと言うが、政吉が鉄砲洲あたりでそんなことをするはずはなく、おそらく犯人が殺した後で繋いだに違いない。

その犯人というのは誰か。

山谷河岸から猪牙舟に乗せた、吉原帰りの藍玉屋ではないか、と疑うのはあながち無理な推測ではない。

だが、その藍玉問屋の嘉兵衛《かへえ》に会ってみると伊兵衛は、自分の想像とあまりにかけ離れているのに驚いた。

体軀《たいく》はダルマのようにまんまるで、背が低く、およそ人殺しなどするような人間ではなかった。

「山谷堀から南飯田町まで、どんな様子だった政吉は？」

伊兵衛が尋ねると、

「いつもと変わりませんでした。とりとめのない話ばかりして」

「舟を下りて、別れる時もいつもと変りはなかったかい？」

「へい。いつもの通りで」

「船松町の長屋に寄るとは言わなかったか、女房に会うために」

「いいえ、何にも。築地堀を行けばすぐだから、あるいは寄ったかも知れませんがね」

「時刻はいつ頃だ？」

「さあ、別れたのは、もう四ツ半ぐらいになってましたかね」

藍玉問屋の嘉兵衛の話には、不審な点はなかった。

政吉とは、猪牙舟に乗ったというだけで、金の貸し借りや、面倒な話は一切ないように思われた。

伊兵衛は胸のうちで呟《つぶや》いた。

〈四ツ半か〉

政吉が藍玉問屋の嘉兵衛と別れたのが四ツ半だとすると、船松町に寄って、鉄砲洲へたどり着くのは夜中である。

船松町で露と会ったなら、そのときはまだ露は生きていたのだろう。

もし死んでいたら、その場で政吉は動転して、すぐに自身番へ飛び込んだはずである。

政吉が船松町の長屋に寄らなかったとしたら、南飯田町から鉄砲洲まで来たとき、そこで誰かに匕首で殺されたことになる。

その犯人は誰か。

政吉という男は、性格も暮らしも、まず自分で死ぬとは考えられないから、誰かに殺されたに決まっていた。

伊兵衛は南小田原町の元結《もっとい》長屋まで足をのばした。

おさわの家は、住む人を失ってひっそりとしていた。

大家のところを訪ねても、上総からの手紙は来ていなかった。

伊兵衛は今になって、おさわの肉親との縁の薄さを思った。

少し身体を動かすと汗ばむ季節になり、日の暮れるのも次第に遅くなる。指し物大工の茂次は、文蔵と房吉《ふさきち》に眼をつけられてるとも知らず、明るいうちに仕事を終えると、近くの居酒屋で知り合いの二人と酒を飲んでいた。

幸町は面積が広く、大小の店や雑多な職人、ぼて振りなどが住んでいる。

文蔵は伊兵衛の指図で、政吉と露夫婦殺害の疑いで茂次を見張っているのだ。

船宿のあるじの清造は、まだ嫁入り前の露に言い寄った男として、この茂次の名を挙げたが、性根は悪くなく、船頭の政吉と恋仲だと知ると、あっさり諦めたと言っている。

だが、人の心のうちは分からない。身を引いたように見えても、未練の炎が消えたかどうかは誰も知らない。

「あの茂次が露という女を殺したなんて、あっしにはどうしても思えませんがね」

下っ引の房吉は、居酒屋の縁台で知り合いと喋ってる茂次を見ながら、そんなふうに言った。

「分からねえよ。年はまだ二十六か七で男の盛りだ。女が欲しくて堪《たま》らなかったのかも知れねえ」

文蔵はいつになく分別くさい顔をした。

「女はいくらでもいるでしょう。この頃はあんまり警動をやらねえから、あちこちに怪しい女が出てるらしいですぜ」

「おめえだって、商売女と素人女の区別ぐらいつくだろう」

「へえ、そりゃあもう――」

「あの茂次だって同じだ。どうしても素人の女が抱きたかったのかも知れねえ」

文蔵と房吉がそんなやりとりをしているうちに、茂次は縁台から立ち上がり、勘定を済ませると、知り合いの二人に別れを告げて歩きだした。

あたりはもう薄暗くなっている。

文蔵と房吉が後をつけると、茂次の足は本八丁堀の通りへ出ていった。

「長屋には帰らねえようですぜ」

「鉄砲洲稲荷の方だ。船宿のある南八丁堀四丁目は近い」

文蔵と房吉は、茂次の後をつけながら、なんだか不穏なものを感じていた。

茂次は稲荷橋を渡ると、すぐ右手に建っている赤い鳥居をくぐった。

あたりにもう人影はなく、聞こえているのは大川の流れの音だけであった。

「おい」

と茂次が声をかけると、灯籠《とうろう》の陰から一人の女が姿を見せた。まだ十六か七の、あどけなさを残した顔だった。

「今夜は俺が初《はつ》だろう」

茂次が言うと、女は黙って頷いた。

「よし、こっちへ来な」

女の袖《そで》を引くようにして、茂次は祠の裏手へ回った。

文蔵と房吉は、足音を殺して、茂みの陰から裏手の方へ行った。

茂次が何か言っている。

「おめえ、こんなに家が近くて平気でやれるな」

「だって、おっ母さんが心配だから」

「だいぶ悪いのか？」

「うん」

女は言いながら、着物の裾《すそ》をまくり上げている。

茂次はその白い足のあいだへ手をいれ、

「ここへ来る客は、みんな顔見知りだろ？」

と言った。

女は「違う」というように顔を振った。

「じゃどうして、此処《ここ》でおめえが商売をしてると知っているんだい？」

「お客が喋るから」

女は答えた。

「そうか。この俺だって人から聞いた口だったな」

茂次は言いながら、ゆっくり身体を重ねている。

女は茂次のなすがまま、身体を開いて横を向いていた。

茂次はゆっくり身体を動かしながら、

「なあ、今夜はもうおしめえにしねえか、俺一人で」

そう言った。

「いやだよ、それじゃおっ母さんの薬代にもならない」

「いくら出せばいいんだい？」

茂次が言ったが、女は黙っていた。

「それじゃこうしよう、俺が薬代を出すからさ、他の客は断って」

「いくらくれるの？」

「なんぼあればいい？」

女はまた黙っている。

近くの茂みから見ている文蔵と房吉は、さすがに気持ちが昂《たかぶ》っていた。

「あの女、少し頭がのろいんじゃねえですかい」

房吉が言った。

「そうかも知れねえ」

文蔵の声も少しうわずっている。

「ずっと俺が面倒を見るって言ったら、他の客は断るかい？」

茂次がまた言っている。

「うん」

女はすぐ返事をした。

「それじゃいくらあればいい？」

「いくらって――いくらくれるの？」

「俺がそれを聞いているんだ」

女は、どこか途方に暮れたように黙っている。

「それじゃこうしよう、二分でどうだ。二分あればなんとか――」

「駄目だよ」

女はすぐに答え、

「それじゃおっ母さんとわたしが暮らせないよ。薬代なんかとても」

と抗議するように言った。

茂次の息は次第に忙《せわ》しくなっている。

「よし、一両だ。一両出そう」

と震える声で言った。

女は返事をしないで、ただ嘘泣きを始めている。

茂次は忙しく身体を動かし、両手を女の首に回している。

女は苦しそうに何かを言おうとし、茂次の手から逃れようともがいている。

夢中で首を絞める茂次。

女の白い足が宙を蹴り、その力が失われてしまいそうになったとき、茂みから文蔵と房吉が飛び出して来る。

「おいッ、手を離せ！」

文蔵がそう怒鳴り、茂次の両肩を抱きかかえるようにして起している。

女はまだ気を失ってはいなかったらしく、茫然《ぼうぜん》となっていたが、すぐ我にかえって着物の裾をなおした。

文蔵らは、近くの本湊町の自身番屋へ二人を連行した。

思った通り、茂次は少しネチネチした性格の男で、女はタキといい、いくらか血の巡りの悪い感じであった。

「勘弁してくださいよ、ほんの遊びでやったことなんですから」

茂次はそう言って、懐《ふところ》の金を賂《まいない》として差し出しそうな顔をした。

「馬鹿野郎、おめえ自分のやったことが分かってるのか」

文蔵は一喝した。あの場に文蔵と房吉が居なかったら、茂次は交合の最中にタキを絞め殺していたのだ。

「あっしは殺すつもりはありませんでした。ただ夢中でやったことで――」

「夢中でやったら罪にならねえってのかい」

茂次は口ごもった。

「あたしは家でおっ母さんが待っているんですよ」

タキが縋《すが》りつくような顔をして言った。色の白い、偏平な顔だちをした女だった。

「いくら病気のおふくろがいるからってな、お稲荷さまで客をとっちゃいけねえことぐらい分かってるだろう。いつから商売をやっているんだい？」

タキはちょっと考えて、まだ半年にはならないと答えた。

文蔵は舌打ちをして、

「それじゃもう一丁前じゃねえか。明日の朝におめえさんの骸《むくろ》が、あそこで発見されるとこだったんだぜ」

そう言うと、また茂次の方を見やった。

「おい、おめえには、他のことでもちょっと聞きてえことがあるんだがな」

茂次はおどおどした眼で見返した。

「船頭の政吉と露夫婦が殺されたのは知ってるな？」

「へい」

「あの晩はどこに居た？」

「どこって――長屋に居りやしたよ、幸町の長屋に」

「誰かそれを知ってるかい？」

「さあ、あっしは一人者ですからね。誰にも会った覚えはねえんで――いやですね親分、このあっしがやったっていうんですかい」

「一応聞いたまでよ、おめえは露に惚《ほ》れてたっていうからな」

「もう過ぎたことでさ。きっぱり忘れましたよ」

「ふん。そんなにすぐ忘れられるようじゃ、てえして惚れてなかったんだな」

文蔵はそう言い、さて、この二人をどうしたものかと、考える顔をした。

「ねえ親分、もう二度と女には手を出しませんから、今夜は見逃してくださいよ」

「女には手を出さねえだと。おめえいい加減なことを言うな、今夜は危うく人殺しをするとこだったんだぜ」

「だから、あれは魔がさしたんですよ。あっしにもなんであんなことをしたのか、自分で自分がわからねえんです」

「可愛さ余って憎さ百倍というからな。おめえ、このタキという女を独り占めにしたかったんじゃねえのか。それでいっそ自分の手で殺しちまおうとしたんだ」

「へい、それはそうかも知れませんが、どうして首を絞めたのか、そこんところがよくわからねえんで」

「まあ、どういう仕置きがいいのか分からねえが、今夜のところは長屋へ帰るんだ。おめえさんもな」

とタキを見返して、文蔵はあっさりと言った。

タキは思いがけない文蔵の言葉に、

「有り難うございます」

と頭を深々と下げた。

翌日、伊兵衛に一件を報告した文蔵は、

「二人とも逃げる心配はないので、一応帰しました」

と言った。

「それだけではないだろう」

伊兵衛はどこか皮肉っぽい言い方をした。

文蔵は、一瞬気をのまれたような顔をしたが、すぐ苦笑いをして、

「へえ、まあ、茂次を泳がせておけば、どこかでボロを出すかと思いやして」

と言った。

「問題は女だな」

「子分の房吉がついて行ったら、病気の母親というのはほんとなんで。まあ、健気《けなげ》といえば健気ですが、やってることが人の道を外れてますからね」

伊兵衛はちょっと考えてから、

「小石川《こいしかわ》の施薬院にいれてやりてえが、まあ、掛かりの与力とも話し合って、近々なんとかしよう」

と言った。

新吉と嘉助《かすけ》は、やはり露に岡惚れしていた料理茶屋の倅喜三郎の報告をしたが、こちらはまるっきり性根のない道楽者で、あっちの娘、こっちの娘と、相変わらず遊蕩《ゆうとう》三昧《ざんまい》の生活だという。

「では代る代る茂次を見張ってくれ。俺はこれから、最後に露の声を聞いたという、壁塗り職人の仙三に会って来る」

伊兵衛はそう言って、弥助を連れて三・四の大番屋を出た。

仙三は当夜は酒に酔っていて、ごろりと横になったまま眠り込んでいたという。露の声を聞いたのはいつ頃だったか、自分でも分からないというのだ。

露が声を出したのなら、相手が居たはずである。

それは誰か。

亭主の政吉が帰りに寄ったとすれば、夫婦の会話だったろうし、寄っていないとすれば誰だろう。

船松町の仙三の長屋には、今しがた仕事から帰った仙三が居た。

「何度も来てすまねえな」

伊兵衛はまずそう言った。

事件以来、仙三を訪ねるのは三度目であった。

「なにか、まだあっしに――」

仙三はうるさそうな顔もせずそう言った。

「同じことを聞くようだがな、露は一体誰と話していたのか、それがどうしても気になってな」

「そうですね、あっしもなんとか思いだそうとしたんですが、お露さんがだれを相手にどんなことを言ってたのか――ひょっとしたら、夢を見ていて、実際にはなんにも聞いてなかったかも知れないと――」

「おめえはその夜、ずっとそのまま眠り込んで居たのか？」

「へえ、そうなんで」

「じゃ、露の声を聞いたのも、いつ頃のことか分からねえんだな」

「へい、分からねえんで」

「どうも解せねえな。露が誰かと話をしていた。だが、相手の声は一つも聞いてない。そんな小さな声で相手は喋っていたのか？」

「だから旦那、お露さんの声だって本当に聞いたのかどうか、あっしには自信が持てねえんですよ」

「夢だというのか」

「へい。だらしのねえ話で、まことに相済みません」

仙三は縮み上がった顔をした。

(四)

その日の夕刻、佐藤玄朴の診療所の前に一人の女が立った。

年の頃は二十六、七であろうか。乱れた髪をし、着物も決して上等とはいえないものだった。

応対に出た書生の加代《かよ》が、ちょっと胡散《うさん》くさそうな顔をして、

「どなた様でございますか?」

と聞くと、女は、

「南小田原町で聞いて来たんですが、こちらにさわという女が厄介《やっかい》になっておりますでしょうか」

と言った。

「おさわさんならこの診療所に居りますが」

と加代が答えると、女は心の底からほっとした表情をして、

「わたしはトキと申しまして、さわの妹でございますが」

と名乗った。

「ああ、おさわさんの身内の方でいらっしゃいますか」

やっと話の通じた加代は、すぐ玄朴に知らせた。

「なに、妹が――すぐお通ししなさい」と患者の待合部屋にトキを通させた。

すっかり畏《かしこ》まったトキは、抱えていた風呂敷包みを脇に置いて、

「トキと申します。上総の方からでて参りましたら、姉はこちらへお世話になってると聞きましたので」

と言った。

「いやいや、あなたのことは常々聞いておりましてね。おさわさんは二階の部屋に居りますよ」

と玄朴は、土の匂いのするこの細身の女を見返した。

素朴で実直そうな感じがとても気に入っていた。

「あの、姉はどこか悪いのでございましょうか？」

「ははは、そうですな」

玄朴は明るい顔をして笑い、

「まあ、お元気だというのも見え透いた嘘ですが、少し身体の具合が悪いのですよ」

「どこがどんなふうに悪いのでしょうか」

「そうですね」

玄朴は少し考えてから、

「ご婦人特有の病と申しますか、内臓の方もやや疲れてるようで、長屋よりはこちらにいた方がなにかと――」

さすがの玄朴も、そう答えるのがやっとだった。

「ま、二階へ上がって――おい、佐吉」

大きな声で呼んだ。

佐吉はすぐに顔を覗かせる。

「この方をな、おさわさんの部屋にお通ししなさい」

佐吉は素直に頷《うなず》くと、

「こっちだよ」

とトキを手招きした。

トキは改めて玄朴に深々と頭を下げると、風呂敷包みを抱えて佐吉の後に従った。

「小母《おば》さん、上総から来たんだろう」

「はい」

「おさわ小母さん、さっきまで大変だったんだよ」

と玄朴の配慮を一遍《いっぺん》にひっくり返すようなことを言った。

「大変って？」

「お腹が痛くてさ、もう死ぬような苦しさだったんだ」

トキは黙っていた。

姉はやはり、診療所に居なければならないほど、重篤な病になっていたのだ。

おさわの部屋の障子を開けると、

「小母さん、上総から妹の人が来たよ」

と佐吉は言った。

布団の上で横になっていたおさわは、佐吉の声が空耳だったような顔で見やった。

トキは風呂敷包みを抱えたまま、佐吉の後ろに立っていた。

おさわは上半身を起し、瞬《まばた》きもしないでトキを見つめた。

「姉ちゃん」

トキが言った。

おさわはまだ信じられない顔をして、トキを見つめた。

「姉ちゃん、遅くなってごめん」

トキはやっと部屋に入って、おさわの布団の傍に坐った。

「おトキ!」

おさわはやっと声に出して言う。

見つめたままの二人の眼から、ポロポロと涙が滴《したた》りおちた。

「来てくれたんだね」

おさわが、感極まったように言った。

「ごめんなさい。子供のことや、野良の仕事なんかで――姉ちゃんがこんなだとは知らないから、ついつい日が延びて」

トキは子供のように、泣きながらそう言った。

「いいんだよ。わたしこそ我《わ》が儘《まま》を言って」おさわは改めて妹の顔を見つめた。

三十前の女にしては小皺《こじわ》が目立ち、肌も日焼けしていたが、気にしていた痣《あざ》は消えていた。

「子供は何人いるの？」

おさわが尋ねると、

「男が二人、女が一人。長男がまだ六つだから大変なのよ」

「よく来てくれたね、ほんとに有り難う」

「姉ちゃんがこんなだと知っていたら、もっと早く来れたのに」

「大した病気じゃないのよ。ただね、無性にあんたに会いたくなって」

「どこが悪いの？」

「どこってね、身体が疲れているだけさ」

おさわはそう言って誤魔化すと、

「なんか美味《おい》しいもの食べに行こうか。そうしよう、ちょっと行くといい店があるから」

「ええッ、外へ」

「それからお風呂へ浸《つ》かってさ。暫《しばら》くゆっくりして帰るといいよ」

と立って、着物を着替え始めた。

「大丈夫なの姉ちゃん？」

「なにが――心配は要らないって。わたしにはれっきとした人がついてるから、なんにも心配しなくていいの」

トキは不安そうに見上げていたが、

「さあ、昔のように二人でさ、いろんな話をして、父ちゃんや母ちゃんの供養もしようじゃないの」

おさわはそう言いながら、トキを誘って二階から下りていった。


夜になって、町奉行所の帰りに診療所に寄った伊兵衛は、おさわとトキの話を聞いて、二人の姿が眼に見えるような気がした。

おさわはよほど嬉しかったのだろう。今頃はどこに居るのか、まだこの診療所には戻っていなかった。

「気も張りつめているんでしょう。嬉しいときには、少しはしゃいだ方がいいのですよ」

と玄朴は言った。

伊兵衛は、孤独と病に苦しんでいたおさわが、あんなに待ち望んでいた妹と会え、身体のことも忘れてはしゃいでいるのを、はらはらしながらも喜んだ。

〈おさわは死ぬのだ、間違いなくもうすぐ死ぬ。せめて、残りの日々を楽しく過ごさ

せてやりたい〉

伊兵衛は心の中でそう思った。

組屋敷に帰ると、待っていたように新一郎が顔を見せた。

「父上、船頭の政吉と露夫婦の事件は、何か新しいことが分かりましたか？」

と尋ねるのだ。

「まだ進んでいない。おまえの方も動いてるのだろう？」

「それはやってますが、政吉も露も夜中に殺されていて、目撃者も一人も居ないのですからね。おまけに二人とも、文句のつけようがないほどの若夫婦ですよ」

「そんな立派な人を、どうして殺したりするのでしょう」

萩乃は横から口を挟《はさ》んだ。

「それは分からんさ、人間は自分の都合で人を殺すのだからな。良いことをして人に恨まれる場合だってある」

伊兵衛はつい、そんなことを悟り顔して言う。

「問題は、二人はいつ殺されたのか、相手は同一人間か、それとも別々の人間に襲われたのか、ということだ」

「そうですね。鎌田さんは、夫婦は別々の人間にやられたのだろうと言ってますが

「それも頷ける。露は絞め殺されているし、政吉は刃物でやられているしな」

伊兵衛はそう言いながら、お茶漬けを音立てて搔き込んだ。

次の日、町奉行所に出ると、矢田部謹之助が寄ってきて、

「そろそろ、結納を交わそうと思うが、どうだろう」

と言った。

「祝言の日にちは決めたのか？」

「娘の芳江の都合を聞くと、来月の大安の日がよいだろうというのだが」

「それでは堀田《ほった》家の意向も伺わないとな」

「そうなのだ。内々に伺ったところ、婚儀の日取りなどはこちらにお任せするということなのだ」

「ほう、それではおぬしの方で決めたらよいではないか」

「問題は媒酌人だよ。一体だれに頼んだらよいものか――」

「そうだな。また年番与力に頼むか」

「それはいかん。細田惣兵衛という名は、もう新一郎殿と理恵のときに使った」

「構うものか。いいから頼んでみろ」

「そんな、人ごとだと思って――理恵と芳江は姉妹だし、おぬしもわしも義理の父親だぞ。いい加減なことを言うな」

謹之助は、少し腹を立てていた。

「いい加減なものか。では誰ならいいと言うのだ？」

謹之助は小さく唸《うな》った。

世の中には、こうした役柄を好んでする人間もいるが、頼む方では、品格が有って、後々役に立ってくれる人間になって貰いたい。

まして町奉行所に勤めている人間なら、周りの人が快く認め、仕事や出世の妨げにならない人物が最良である。

「内与力の木村《きむら》殿はどうだろうな？」

謹之助が、考えた末に言った。

「うむ」

伊兵衛は暫く腕を組んでから、

「あの御仁は頭は切れるが、敵も多いからな。なんで俺に言って来ない、という人間も現れるぞ」

と言った。

内与力は町奉行の家来であり、町奉行が任を解かれれば自分も辞める、という身分である。

町奉行所内では隠然たる権力を持っている代わりに、代々の与力や同心は快く思ってない人間が多いのだ。

「もう役所の人間より、全然関係のない人間に媒酌人を引き受けて貰ったらどうだ？」

伊兵衛が言った。

「居るのか、そういう人間が？」

「佐藤玄朴先生だよ」

謹之助は一瞬えッという顔をした。

「あの人なら誰も文句は言うまい。人格者だし、識見もある」

「しかし、独り者だろう」

今度は伊兵衛の方がえッという顔をした。

言われてみれば、玄朴は独り者である。男一人では媒酌人は勤まらない。

「難しいものだな」

伊兵衛は、今更《いまさら》ながら思った。世間一般では、なにかと形式ばったところでは、夫婦揃《そろ》って居ないと役に立たないのである。

「もう少し考えよう」

謹之助はどこか匙《さじ》を投げたように言った。

自身番所廻りの途中、伊兵衛はおさわの南小田原町の長屋に足を向けた。さっき玄朴の診療所に行ったら、おさわはこちらの方にいると聞いたからである。トキと二人で玄朴のところに厄介になることは、気が引けたのであろう。

元結長屋のどぶ板を踏むと、伊兵衛の胸に懐かしさが込み上げて来る。こうしておさわの長屋に来るのも、これが最後になるだろう。匂いや佇《たたず》まい、昼間の静けさが伊兵衛の心を感傷的にした。

「居るかい？」

そう声を掛けて、伊兵衛は腰高障子を開けた。

部屋の中には、おさわが布団に仰向けに寝て、枕元に坐ったトキがなにか話し込んでいる姿があった。

伊兵衛は土間に立ったまま、不安そうにおさわの方を見やった。

おさわは顔だけこちらに向けて、弱々しい笑顔を作った。

「痛むのか？」

伊兵衛が言いながら、なんとなく上がるのを躊躇《ちゅうちょ》していると、おさわは手招きするような仕種をして、

「上がって」

と細い声で言った。

伊兵衛が腰の物を手に上がると、

「こちら、妹のトキです」

と寝たままで妹を紹介した。

「トキでございます。いつも姉がお世話になっております」

とトキは丁寧に頭を下げた。

「いやいや、べつに世話など出来ぬが――」

「今朝から、痛みが出て、さっきまでそこら中を転がっていたの」

おさわは、なんだか申し訳ない顔でトキを見やった。

「驚きました。あんなに苦しそうな人を初めて見ました」

トキは言った。

普段は言葉少ない女なのに、まだ気持ちが昂《たかぶ》っている言い方だった。

伊兵衛は、いかにも田舎者のトキを見やった。日焼けして、化粧もしていない顔

は、おさわよりずっと老けてみえるのに、どことなく清楚な感じであった。

「薬はどうした。効かないのか？」

「あんなになると、もうどうにも手の施しようがなくて――やっと治まったところなのよ」

「すぐ先生のところへ戻るんだな。駕籠《かご》を呼ぼうか？」

「此処でいいの。妹と二人、気楽だから」

「それはそうだろうが」

伊兵衛はトキの顔を見やった。

一体いつまで江戸に居てくれるのだろう、という思いがあった。

「トキだって、そう長くは居られないだろうし、江戸に居るあいだは二人だけで過ごしたい」

おさわはトキの顔を見ながら言った。彼女の方も、妹がいつまで居てくれるのか気がかりなのだ。

「なにか精のつくものを取らなくてはいけねえな」

「わたし、水菓子が欲しい」

「そうか。外に弥助が居るから、いま買って来させよう。おトキさんは何がいい？」

「わたしは後で頂きます」

「あら、遠慮することはないわよ。この人、お金持ちなんだから」

「ははは。この辺は寿司の旨《うま》い店があるから、持って来させよう」

伊兵衛は気軽に立つと、どぶ板へ出ていった。

「気さくな人ね、見た眼より」

「そう、いい男でしょ」

「うん。姉ちゃんがあんなお役人といい仲だなんて、ちっとも知らなかった」

「一度、大喧嘩《おおげんか》したことがあるのよ」

「へえ、なんで？」

おさわは、大店の後釜に据わりそうになったことを、懐かしみながら話した。

包みを下げた伊兵衛が戻って来た。

「それでは、わたしはこのへんで消えるとするか」

と刀を持つと、おさわが、

「あら、一緒に食べて行かないの？」

と言った。

「仕事の途中だからな。またお邪魔する。おトキさんもゆっくりして行って——あ、それから、診療所へ戻るときには言ってくれ、駕籠を手配するから」

伊兵衛はそう言ってどぶ板に出た。

すると、すぐ後からトキが出てきて、

「あの――」

と後を口ごもった。

伊兵衛が黙って見返すと、

「姉は、どんな病気なのでしょうか？」

と小声で尋ねた。

伊兵衛は、おさわが隠しているものを、自分が妹に教えるわけにもいかず、咄嗟《とっさ》に言葉に詰まった。

「おさわは、なんと？」

「それが、ただ腹痛をこじらせたとしか言いませんので」

「うむ。少々厄介な病気だとは聞いているが――おトキさん、いつ頃まで江戸に居られるのだ？」

「はい。姉の身体次第では、田舎の連れ合いに手紙を書いて、暫く居ようかと」

「そうか。ではこうしよう。明日か明後日、玄朴先生の前でその話をしよう」

「はい。じゃ待っています」

トキはそう言ってお辞儀すると、そのまま伊兵衛を見送った。

伊兵衛は、また面倒を玄朴に押しつけた自分を、胸の中で忌《い》ま忌《い》ましく思った。


その夜、伊兵衛の組屋敷へ謹之助が訪ねて来た。

「決めたよ。やっぱり年番殿に出馬して貰うことにした」

と謹之助は言った。

「もう、相手にそのことを頼んだのか？」

「いやいや、おぬしに相談してからと。それでわざわざ出向いて来たのだ」

「あの、細田惣兵衛がなんと言うか——まあ、周りからは苦情も出まい。それがあの御仁の人徳というか」

「なに、引き受けてくれるさ。別に損をするわけではない」

謹之助は一人で合点した顔で、来月の大安には大盤振る舞いをするのだと言った。

「一番暑い時期ですね」

萩乃が言った。

「だから組屋敷ではなくて、数寄屋《すきや》河岸の錦水亭《きんすいてい》を使おうと思うのですよ」

「ほう、豪勢だな」

「まあ、これでお終《しま》いだからな」

「うん。こうして、段々に引導を渡されて、隠居となるわけだ」

「どうして？　わしはまだまだ働くぞ」

「そうもいくまい。おぬしのところは、これから若い夫婦と一緒に飯を食うのだぞ。一日も早く町奉行所へ出仕をせねばならん。そうなると嫌でも、老いぼれは隠居の身となるわけだ」

「ふん、そういうことになるのかな」

「わしも付き合うから心配するな。庭の隅に小屋を建ててな、お互いに花鳥風月となるわけだ」

「馬鹿を言え、花鳥風月の方から断りを言って来るぜ」

　謹之助は乱暴な口を利いた。

　萩乃の支度で酒が用意され、

「新一郎殿と理恵も呼ぶか」

　と謹之助は言ったが、

「今夜は二人でやろう。むこうは却《かえ》って迷惑かも分からん」

と伊兵衛は答えた。

「そうだな。隠居前の老いぼれ相手より、若い者には楽しいときがあるんだ」

「ははは。そうひねくれることもあるまい」

二人はそんな会話を交わしながら、酒を飲んだ。

（五）

幸町はかつて寺町や武家地であったことから、町人の地域としてはきちんと整理されたところである。

周りは八丁堀町、日比谷町《ひびやちょう》、永島町《ながしまちょう》、金六町《きんろくちょう》、亀澤町《かめさわちょう》などに囲まれ、人々の暮らしも落ち着いたものだった。

文蔵と新吉は、そんなところで暮らしている指し物職人の茂次を、躍起になって洗っているのだ。

それというのも、政吉と露夫婦が殺された夜、木戸番も、長屋の人間も、茂次の姿を見ていなかったからである。

「あっしが起きてるあいだは、木戸を通った覚えはありやせんがね」

と木戸番は言った。

長屋の両隣の人も、その夜茂次が帰っている気配はなかったと言うのである。

当の茂次は、

「あんな木戸番の言うことなんか信用できるもんですかい。あっしはちゃんと帰っていましたよ」

と言い、川口町《かわぐちちょう》の親方のところにも、毎日きちんと仕事に行っていた。

「嫌ですねえ親分、政吉やお露殺しをあっしだと疑っているんですかい」

と文蔵や新吉をからかうような顔をするのである。

「ふざけた野郎だ。必ず尻尾を摑《つか》んでふん縛《じば》ってやる」

新吉はそう言って力んだが、証拠はなに一つ無いのだからどうしようもない。

鉄砲洲稲荷で客を引いていたタキも、もう姿を見せなくなっていた。

母親が伊兵衛の骨折りで、小石川の施薬院に収容されたからである。

「茂次はきっと、あの夜長屋に戻ってねえんだ。木戸番も姿を見ていないし、隣近所の人間も、誰一人見た者はいねえんだからな」

文蔵はそう言い、

「ひょっとしたら、あのタキと会っていたんじゃねえか？」

とも考えてみた。

だが、蕎麦屋で働くことになったタキも、毎晩何人もの客をとっていたから、茂次がその晩来たかどうか分からない、と言った。

「このままじゃ旦那に顔向け出来ねえ」

文蔵はさすがにシュンとなっていたが、その日の夕刻、茂次がよく行く居酒屋で張っていると、いつもの二、三人と飲んでいた茂次が、急に立ち上がって店をでた。

「また新しい女でも見つけたのか」

「全く性懲《しょうこ》りもねえ野郎だ」

文蔵は子分の房吉とそう言って、後をつけた。

茂次の足は、中ノ橋を渡って南八丁堀に出ると、すぐ左に折れて、鉄砲洲稲荷の方へ向かった。

このあいだ、タキを抱くために歩いた道筋と同じである。

「タキが夜になると、あそこで待ってるというのか」

文蔵は半ば独り言をいった。

だが茂次の足は、鉄砲洲稲荷の手前から右に曲がり、本湊町の手前をまた左に折れて、大川に出た。

妙だなと、文蔵と房吉が見ていると、一人の男が軒陰から歩み寄った。

身構えたように向かい合う二人。

現れた男はやはり職人風で、

「金を渡す前に、ちょいと話してえことがあってな」

と言った。

「なんだ？」

「死ぬまで、毎月二分ずつ払うというのは、ちょっときついんじゃねえのか」

「それが二人も殺した人間の、当然の報いってやつだぜ」

茂次は肩を聳《そび》やかすようにして言った。

「払えねえと言ったらどうする？」

「決まってるじゃねえか、町奉行所に訴えて出るだけよ」

「ふん」

相手の男は、鼻先で笑ったようだったが、その表情は引きつっていた。

「どうする気だ？」

茂次がそう言ったとき、男は懐から匕首をとり出すや否や、茂次に襲い掛かった。

慌《あわ》てて飛び出す文蔵と房吉――だがいきなり二人に加わった者がいた。

辰平と忠平である。

四人はそのまま茂次と男の争いを制止しようとしたが、男の匕首を躱《かわ》し損ねた茂次が大川に落ちた。

房吉と忠平がすぐ身を躍らせた。

文蔵と辰平は、匕首を持った男に飛び掛かり、刃物をたたき落として組み伏せた。

「おい仙三、おとなしくお縄を頂戴しろ！」

辰平がそう怒鳴った。

「なんだ、おめえ知ってるのか」

文蔵が意外そうに尋ねた。

「知ってるどころじゃねえ、こいつは露の隣に住んでる壁職人だ」

辰平は口早に言った。

新一郎の命令で、あれからずっと仙三の動きを追っていたのだ。

房吉と忠平が、傷を負った茂次を水の中から引き揚げた。

「深手か？」

と文蔵が尋ねると、

「腹をやられていますんで」

房吉が答えた。

「よし、一応この近所の医者に診せろ」

文蔵はそう言い、仙三の身柄は南茅場町《みなみかやばちょう》の大番屋に勾引《こういん》して、新一郎を呼び出す予定であった。

伊兵衛を呼び出すのはその後で、まず若い新一郎に報告をしようと考えたのだ。

辰平が仙三をしょっ引いて南茅場町の大番屋に着くと、先に新一郎と報告に走った忠平の姿があった。

「こんな時刻に、申し訳ありません」

と辰平が言うと、

「何を言っているんだ、仕事じゃねえか」

新一郎は答えた。

そんな口の利きかたが、段々伊兵衛に似て来るのが辰平は好きだった。

「おい仙三、妙なところでまた会ったな」

新一郎が、仙三に声を掛けた。

仙三は血の気の無い顔して、黙って俯《うつむ》いている。

「おめえ、どうして茂次を殺そうとしたんだ？」

新一郎はそう言ったが、仙三は竦《すく》んだように返事をしなかった。

「俺がおめえを見張らせたのはな、ひょっとしたら露を殺したのはおめえじゃねえかと思ったからだ」

動かない仙三。

「ところがおめえは、指し物職人の茂次という男を殺そうとした。ええ、何故だ？どうして茂次を殺そうとしたのだ？」

仙三は黙っている。

「おい、答えねえか」

横から辰平が言った。

「茂次という男はな、露に横恋慕していたので、もしかしたらと町奉行所でも張っていたんだ。それがどうして、おめえの匕首に狙われたのだ？　ええ、妙じゃねえか」

「あっしは――」

仙三はそれだけ呻《うめ》くように言って、また口を噤んだ。

「どうした？」

新一郎がそう言って促すと、

「あの男を殺そうとしたのは、ただの金の貸し借りなんで――それだけで、他にはなんにもありません」

「おめえが貸してたのか？」

「へい、野郎が四の五の抜かして返さねえので」

「幾らだ？」

「その、五、五両です」

「二人はなんで知り合ったのだ？」

「それは、その――」

と言い掛けたとき、文蔵の子分の房吉が息を切らして入って来た。

「どうした？」

辰平がせっかちに聞くと、

「茂次のことなんですが、だいぶ傷は深いようで、二、三日は口が利けないそうです」

と房吉は答えた。

「仕方がねえな。ではそれまでおめえは牢に入っていろ」

新一郎が仙三に言った。

仙三は俯いたまま黙っている。

怪我人の茂次を玄朴に診せることも考えたが、治療に当たっている医者の面子もあるので、二、三日待つことにしたのである。

八丁堀の組屋敷に戻ると、母屋にはまだ灯がともっていた。

新一郎が入ると、伊兵衛と萩乃がまだ起きて待っていた。

「どうだ？」

伊兵衛が尋ねた。

新一郎は茂次と仙三のことを話して、

「茂次が口を利けるようになるまで、仙三は牢に入れとくことにしました」

と報告をした。

「仕方がねえな。仙三の話だけ聞いても本当か嘘か分からねえからな」

「そうなのですよ。金の貸し借りだけではないと思います」

新一郎はそう言って、

「仙三の野郎、露の死となにか関係があるのではないですかね」

と疑惑を口に出して言った。

「うむ」伊兵衛は頷いたような顔をし、「まあ、茂次が口を利けるようになるまで待つんだな」

と言い、芳江と、結婚相手の堀田利三郎《りさぶろう》のことを告げた。

「おまえにも、一つ違いの弟が出来るわけだな」

「祝言はいつですか？」

「来月の話だが、矢田部殿は数寄屋河岸の錦水亭でやると言っている」

「ほう、豪気だな」

「もう最後だから、立派な式を挙げたいんでしょう。バタバタと片づいて賑やかになりますよ」

萩乃が嬉《うれ》しそうに言った。


次の日、伊兵衛はおさわを玄朴の診療所に帰らせた。

駕籠に付きそったトキは、自分がすぐ上総に帰れるのか、それとも、姉の病状次第ではもっと長く江戸に居なければならないのか、それが不安だった。

玄朴の診療所に着くと、おさわはすぐ二階の部屋にあがり、先にきていた伊兵衛とトキは玄朴と向かい合った。

「身内の方だから、正直に言いましょう」

玄朴はおもむろに、おさわの病状について話し始めた。

トキは黙って聞いていたが、玄朴の後二ヵ月か三ヵ月という言葉を聞くと、ぽろぽろと涙をこぼした。

「おさわさんには希望を持たせるように言ってます。その方がいいと思いますよ」

最後に玄朴はそう言った。

トキはまだ涙を流していたが、伊兵衛の、

「おめえさんはどうする？　一度上総へ帰る方がいいのではないか」

という言葉に、

「そうしたいと思います。家や子供のこともありますし」

と返事をした。

「いよいよとなったら、わしの方から知らせよう」

伊兵衛が言うと、トキは「宜《よろ》しくお願いいたします」と頭を下げて、二階へ上がっていった。

「なかなかしっかりした人だが、ある程度は覚悟していたのかも分かりませんな」

伊兵衛が言うと、

「結局はみんな、一人一人、それぞれに死んでゆくんですよ」

玄朴はしみじみと言った。

おさわの部屋にトキが入って来ると、横になっていたおさわと話していた佐吉が、

「じゃ小母ちゃん、今度またね」

とすぐ部屋を出ていった。

「なんの話をしていたの？」

おさわが尋ねると、トキはさっきの涙が嘘のように、

「わたしのことよ」

と言い、心配だから田舎へ帰ってみる、と告げた。

「すまなかったね、いろいろ迷惑を掛けて」

おさわは身体を起しながら言った。

「また秋口になったら出てくるよ、今度はゆっくりとね。姉ちゃんもその頃は元気になってないと駄目だよ」

「ああ、約束するよ。今度来たときにはいっぱい案内するよ。今度はどこへも連れて行けなかったからさ」

トキはおさわの顔を見ているうちに、堪《こら》え切れずに涙がこぼれそうになった。

「どうしたのさ？」

「江戸の町を、姉妹で歩くなんて、思いも寄らなかったからさ。夢を見ているようで、勿体《もったい》なくて」

おさわはトキをからかうように、

「何を言ってるのさ。見て減るもんじゃあるまいし、何が勿体ないものかね」

と笑った。

トキもつられて笑い、おさわの眼が一瞬、哀しみに歪《ゆが》んだのを気付かなかった。

茂次の容体がよくなって、話が出来るようになったという。

伊兵衛は文蔵と新吉を連れ、本湊町の医者のところへ行った。

「危ねえところだったな」

伊兵衛が茂次に言うと、茂次は力の無い声で、

「用心はしていたんですが、いきなり刺してきやがったんで」

と答えた。

「仙三という男は、なんでおめえさんを殺そうとしたんだ？」

茂次は途端に黙った。

「金の貸し借りかなんかなら、此処《ここ》でだんまりはねえだろう」

「へい」

「もう仙三が喋っちまったんだ。隠したって仕方があるめえ」

茂次は本当に、仙三がもう事の経緯《いきさつ》を話したのだと思い、口を開いた。

「お聞きの通りあっしはその夜、仙三が船頭の政吉を殺したのを見たんで」

「それで？」

「鉄砲洲稲荷でタキと別れ、橋を渡ろうとしたら猪牙舟が浮いてたんです」

茂次は何となく眼をやったが、次の瞬間、ギクリとなった。

猪牙舟の上で二人が揉《も》み合っていたかと思うと、一人が匕首を抜き、相手の首を刺していた。

固唾《かたず》を飲んで見ている茂次の眼の前で、刺した男は舟を岸につけ、杭に結わえ付けて立ち去ろうとした。

茂次はすぐ声を掛けようとして、思い止まった。

相手は匕首を持っているから、人目のないところでは迂闊《うかつ》には近寄れない。

足音を殺して後をつけると、船松町の長屋に入って行った。

茂次は腰高障子を開けて、土間に立ったまま男を強請《ゆす》りにかかった。

「俺は全部見てしまったんだ。おめえさんの出方次第じゃ町奉行所に行ってもいいぜ」

「仕方がねえ。今はこれっぽちの銭しかねえが、毎月二分を渡そうじゃねえか」

と男は有りったけの金を差し出した。

「毎月って、一体いつまでだ」

茂次は念入りに聞いた。

「俺が生きてるあいだだよ。少ねえと思うだろうが、俺だって壁職人だ、身を切られるような金だぜ」

茂次はそれで手を打とうと考えた。そのときはまだ、壁一つ隔てたところに露の死体があることを知らなかったのだ。

茂次はその夜は、男の名前が仙三であることを聞いて引き揚げ、濱町《はまちょう》の曖昧宿《あいまいやど》にしけこんで帰らなかった。

後で、隣の露まで殺していると知って、二分を三分に引き上げようとしたが、仙三はあくまで二分で我慢してくれ、と駆け引きをしているうちの出来事だったのである。

「運がよくて遠島だな。悪くすると死罪になるかも知れねえ。まあ、早く身体を治すんだな」

伊兵衛はそう言って、医者の家に房吉を残して帰った。

小伝馬町の牢屋敷に行くと、新一郎と辰平らが来ていた。

「やっぱり仙三がやったんでしょう？」

新一郎はそう言ったが、図星なので伊兵衛も頷くほかはなかった。

仙三はもう観念していた。

「おめえは、露に横恋慕して、家の中へ這《は》いずり込んだのだな」

伊兵衛が言うと、仙三はその通りだと言った。

露の新妻ぶりに魅せられ、とうとう我慢しきれなくて言い寄ったが、もとより露が靡《なび》くはずもなく、首を絞めて目的を果たそうとした。

だが、そこへ帰って来た政吉に見つかり、仕方なく匕首を突きつけ、裏手に着けてあった猪牙舟に乗せた。

だが、結局は政吉の身柄は始末に困り、鉄砲洲のところで殺した、という成り行きであった。

政吉の心情はいかばかりであったろう。その無念さは計り知れないものがあったけれども、なおいっそう哀れだったのは露の気持ちだった。

こんな死に方を誰が想像しただろう。だが現実に、運命はそういう死を露に与えたのであった。

伊兵衛は、どれだけ誠実に生きていても、どれだけ愛情に溢《あふ》れていても、ときとして人間は、このような運命を受け止めなくてはならないのだと思った。

たなばた

（一）

七月に入ったばかりの空は、傲然《ごうぜん》として少しの涼気も感じられず、風の吹くさまにも、秋はまだその気配さえなかった。

南町奉行所の臨時廻り同心日下伊兵衛は、小者の弥助と文蔵らを伴って、外神田《そとかんだ》の自身番を廻《まわ》っていた。

新吉と嘉助は、今日は自由に町廻りをする日であった。

町のいざこざや、ちょっとした盗みや諍《いさか》いに顔を出し、彼らなりの裁量でことを収め、それなりの見返りを受け取るのである。

もともと無足の岡っ引は、こうした報酬と内職を主な収入として、いわゆる町の『親分』としての暮らしを維持しているのだが、往々にして悪事に手を出し、町衆の嫌われ者として幅を利かせる者も少なくない。

伊兵衛が一番嫌いなのは、こうした手合いの生き方で、自分が手札を渡した文蔵や新吉には、きつくこれを戒めていた。

「そうか、今日は七夕ですね」

文蔵が突然に言った。

「嫌だな文蔵さん、さっきから子供が笹竹を担いで歩いてるじゃねえか」

弥助がすかさず言葉を返した。

「全くだ。俺は子供が居ねえからつい気付かなかった」

「ガキの頃は楽しみだったたな。柄にもなく短冊に願い事を書いて」

「へえ、弥助さんはどんな願い事を書いたんだい？」

「へへッ、それは言わぬが花よ。紙を刻んだ網、ホオズキの串刺し、樽、盃《さかずき》、人形、張りぼてのスイカ——まだあったな、算盤《そろばん》、硯《すずり》、筆なんかも飾ったもんだ」

「随分《ずいぶん》と豪勢じゃねえか。とても貧乏人の子とは思えねえぜ」

「ふんッ、ほんとのこと言やァ隣のお坊っちゃまの手伝いだ。お礼に素麺《そうめん》をたらふく戴いてよ」

弥助は懐かしそうに言った。

「七夕のたなは七という字を書くでしょう」

子分の房吉が横から、文蔵と弥助の話に嘴《くちばし》を入れた。

「それがどうしたい？」

「知り合いに物を借りた野郎が、手紙で返すように催促され、棚に置いてあると返事するつもりで七に置いてあると書いたんですよ、それで貸した方は――」

「質屋かと思いびっくりした、というわけだろう。古いなおめえ」

文蔵が、遠慮会釈なしに言ったので、房吉は仕方なしにへへへと笑った。

伊兵衛は、三人の埒《らち》もない話を聞き流しながら、朝の萩乃とのやりとりを思い出していた。

「あなた、きょうは七夕ですよ」

「分かっているよ」

「あらそう、なんにも仰《おつしや》らないから」

「棟梁《とうりよう》にそう言っておこう」

「いいえ、昨日顔があったので笹竹のことは頼んでおきました」

「うむ」

伊兵衛はそう言っただけで、玄関を出た。

昔は七夕というと、親子揃《そろ》って短冊に願い事を書き、夜は素麺を食べて祝ったものである。

新一郎がまだ七つか八つの頃で、姉の初と二人でいろいろな飾り付けをし、萩乃は夜になると盥《たらい》に水を張り、夜空の星を映しながら、裁縫の上達を願って五色の糸を針に通したものだ。

昔は風情があったな、と伊兵衛は思う。七夕が済むと、笹竹を神田川《かんだがわ》に流すのも子供たちの楽しみの一つだった。

いつ頃からそうしたことをしなくなったのだろう。

初が嫁に行った頃だったろうか。新一郎も大きくなり、そうした行事は萩乃一人の手に任された。

毎年、七夕になると、萩乃一人が長年の習慣を守るために、ひっそりと笹竹を買うのである。

短冊に書く願い事はどんなことだろうと、伊兵衛もときどき考えるが、改まって短冊を眺めたことはない。

正月の門松と同じで、門に飾り付けをした笹竹が立っていれば、なんとなく心が和むのである。

だが今年は違う。

多分今頃は、嫁の理恵と二人で、いろいろと工夫を凝《こ》らした飾り付けをし、短冊にも願い事を書いているだろう。

伊兵衛は、めっきりお腹の大きくなった理恵の顔を思い出しながら、日下家がゆっくりと、伊兵衛夫婦の時代から新一郎夫婦の時代へと移ってゆくのを感じる。

俺ももう五十三だ。

若さや覇気を失わないのは立派だが、ときには、年相応の分別に戻って、自分の生涯を眺めてみるのも大事なことだろう。

伊兵衛はそうした感慨を抱きながら、通旅籠町《とおりはたごちょう》を歩いている。

胸を去来するものはおさわのことである。まだ元気だった頃、元結《もっとい》長屋の路地木戸に立てる七夕飾りを、他の女子供たちと一緒になって、賑やかに楽しんでいたものだ。

あの頃はよかったたな、と伊兵衛は思う。

人間はいいことばかりは続かないというけれども、やがておさわが死の病に罹《かか》り、耐え難い苦痛と戦わなければならなくなろうとは誰が想像しただろう。

眼の前を、数人の子供たちが買った笹竹を担ぎ、甲高い声で喋りながら歩いている。

俺もあんなときがあったんだな、と伊兵衛は思う。

不意に胸を抉《えぐ》られるような懐かしさが込み上げてくる。

父上も若かった。

母上も若かった。

伊兵衛は一旦《いったん》昔のことに心を奪われると、次から次と遠い日のことが浮かんで、危うく足を止めそうになった。

通油町《とおりあぶらちょう》の朝日《あさひ》稲荷を過ぎると、急に人のざわめきがあった。

元濱町《もとはまちょう》の長屋で死人が見つかったという。駆け付けて見ると、すでに町方が来ていて、その中に新一郎と辰平らの顔があった。

死人は男で、自分の長屋で倒れており、年の頃は三十半ばであった。

「殺されたのか？」

伊兵衛が尋ねると、新一郎は、

「そうらしいですね。腹を抉られているんですよ」

と答えた。

死体の傍《そば》にいる鎌田八郎太が、伊兵衛を振り向き、

「早いですね」

と言った。

「なに、通りがかりだ」

と言い、その場はすぐに離れた。

臨時廻りが出る幕ではないからである。

「おめえたちは残って手伝ってやれ」

伊兵衛は文蔵と弥助にそう言うと、自分はあっさり踵《きびす》を返した。

行く先は佐藤玄朴の診療所である。

江戸橋を渡り、八丁堀の組屋敷を右手に見ながら、伊兵衛の足は次第に遅くなっていった。

おさわは、今日は痛みはどうであろうか。もし苦しみに悶《もだ》えていたら、俺は一体どうしたらいいのだろう。

伊兵衛はおさわに会うことが、恐ろしくさえあった。

栄《さかえ》稲荷の横の診療所には、七夕の飾りはまだ立っていなかった。

伊兵衛はふと、佐吉はどうしているだろうと思った。

父と子の二人暮らしの中で、七夕の飾り付けをしなかったのだろうか。

診療所に入ると、玄朴の相変わらず悠然とした顔があった。

伊兵衛はその顔を見た途端、何故か心がいっぺんに和らぐのを感じた。

「先生、おさわはどうしていますか？」

と子供のような気持ちで尋ねると、

「まあ、二階に上がって見なさい」

そう玄朴は言った。

伊兵衛はその人の相貌で、相手の心がこんなにも穏やかになり、不安を消してくれることを知った。

階段を上がり、おさわの部屋を覗くと、佐吉が遊びに来ていて、少し小振りな笹竹を飾っていた。

「おお、やってるな」

伊兵衛は思わず嬉しそうな声を出し、傍に近寄っていった。

「小父《おじ》さん、今日は七夕だよ。牽牛星《けんぎゅう》と織女星《しょくじょ》が天の川で出合うんだ」

「よく知ってるな」

「へへッ、今さっき、おさわ小母《おば》さんから習ったばかりさ」

佐吉はおさわの顔を見ながら言った。

おさわはニコニコしながら、笹竹の飾り付けをしていたが、その眼はずっと伊兵衛に注がれていた。

「短冊には何と書いたんだ？」

どちらにともなく言って竹の短冊を見ると、佐吉が書いたのであろう『おっ父とおっ母が極楽で会えますように』とか、『おいらもお医者さまになりたい』と金釘《かなくぎ》流でしたためてあった。

「ほう、佐吉は大きくなったら医者になるのか？」

「そうだよ、玄朴先生よりずっと偉い先生になる」

「玄朴先生より――」

「だって玄朴先生は、小母さんの病気を治せないじゃないか」

佐吉は不満顔で言った。

伊兵衛は黙っておさわの顔を見やった。

「そりゃあ、いくら先生だって、なかなか治らない病気だってあるのよ」

おさわは柔らかく言った。

化粧していない顔は透けるように白く、首筋から頰のあたりはめっきり痩《や》せていた。

「だって、お医者さんは、人の病気を治すのが仕事なんだろ」

佐吉は頑固に言う。

「それだって人間は、いつか死ぬんだもの」

「でも小母さんは、まだ若いじゃないか」

「若くても、死ぬ時期がきたら死ぬのよ」

「なんだい、その死ぬ時期ってのは？」

「子供の佐吉さんには、まだ分からないことなの」

「ふん、大人はすぐにそんなふうに言うんだから」

佐吉はふくれっ面をした。

「俺なんざ、そんなふうに言われる佐吉が羨《うらや》ましいよ」

伊兵衛はそう言って、また笹竹に眼をやった。

おさわが筆を執った短冊があった。

『病気平癒』とか『六道輪廻《ろくどうりんね》』とか、そんな言葉に混じって『上求菩提《じょうぐぼだい》』、『愛別離苦』、『家内安全』などといった四文字があった。

伊兵衛は、それらの言葉は新内で覚えたのだろうと思いながら、

「家内安全とは妙じゃねえか」

と言った。

おさわは曖昧《あいまい》に笑って、

「あなたのことよ」と言い、すぐに、「嘘、嘘、妹の家のこと」と言い直した。

伊兵衛は、「あなたのことよ」と言ったのは本心だと思い、「妹の家のこと」と言い直したのも本当だろうと思った。

「妹のトキさんからは、帰ったきり何にも言って来ないのか？」

伊兵衛が言うと、おさわは黙って一通の便りを取り出した。

「読んでもいいのか？」

「いいわよ。あなたのことも書いてある」

伊兵衛はトキの手紙に眼をやった。文字はお世辞にも上手いとは言えないが、書いた人間の心が滲《にじ》んでいるような文面だった。

姉のおさわのことを細々と心配し、自分たちの暮らしのさまを書き連ね、折りをみてまた江戸へ行きたいとしたためてあった。

伊兵衛のことは最後に、江戸の役人があんなに優しくて親切だとは思わなかった、と書いてあった。

文字の端々に、もうすぐ死ぬと分かっている姉を思い、気遣《きづか》っていることがよく現れていた。

伊兵衛は黙って手紙を返した。

「また出て来るって、大丈夫かしらん」

「妹の家のことか？」

「だって畑や田んぼのこともあるし、手の掛かる子供が三人もいるのよ」

「大丈夫だよ。姉と江戸で再会出来たことがよほど嬉しかったのだ」

おさわはその言葉に頷いた。

「わたしの子供の頃は、七夕さまの笹飾りはなかったけど、今はどうかしら？」

「もうあるだろう。宮中から武士に伝わり、武家に奉公した人間が町民に伝えたんだ」

「わたし、神田川へ行きたい」

「笹竹を流すのか」

「だって、毎年そうしてたんだもの」

「いいだろう。佐吉も一緒に行くか？」

「うんッ」

佐吉は、眼を輝かせて返事をした。

伊兵衛は、ついこのあいだ、佐吉の父親の墓参りに連れていったときのことを思い出していた。

浅草へも足を延ばし、仲見世や奥山に遊んだ。

そのときの佐吉のはしゃぎようを見ていると、早くに母を亡くし、父親との暮らしの寂しさに耐えていたことが、心に染みて理解できた。


その夜、八丁堀の組屋敷に帰ると、門の脇に七夕飾りがうなだれたように立っていた。

伊兵衛はその短冊の一枚を手にとって見やった。

『安産』と鮮やかな文字で書かれていた。理恵が書いたものだと分かった。伊兵衛は何故か「俺も人並みの人間だな」とそれを見て思った。

家に入ると、新一郎と理恵も加わって素麵を食べていた。

「あなたはお帰りが分からなかったものだから」

と萩乃は言い訳を口に出し、急いで伊兵衛の分も用意した。

「理恵はもう七ヵ月に入ったのか？」

伊兵衛はそう言って理恵の顔を見やった。

「はい」

理恵はそう返事をし、

「秋にはあなたもおじいちゃんですよ」

萩乃はすぐに冷やかして言った。

「そなただって同じではないか」

伊兵衛が思わず言い返すような言葉になったので、

「あなた、嬉しくはないのですか？」

と萩乃は言った。

「馬鹿を言え」

伊兵衛は思わず大きな声を出し、こんなときに無神経なことを言うやつだと、萩乃を睨《にら》んだ。

女は年を取るごとに、言葉遣いが粗雑になり、人の気持ちを傷つけるようなことを平気で言うようになるものだろうか。

わたしは絶対に認めませんよ、と言って息巻いていたのはどこの誰だったのかと、そんなことも言いたくなるのだ。

理恵はにこやかに箸《はし》を動かしていた。

「父上」

急に新一郎が身を乗り出した。

「今日の元濱町の事件ですが、その後文蔵からなにかお聞きになりましたか？」

「いや」

伊兵衛は内心ヒヤリとしながら返事した。今日は町奉行所には寄らずに帰って来たのである。

「何か分かったのか？」

「殺されたのは丑《うし》という男ですよ、年は三十六歳です」

「丑――ただそれだけか？」

「そうです。多分丑の日に生まれたので、親がそう付けたのでしょう。瓦職人で、女癖の悪い酒飲みで、評判はあまりよくない人間ですね」

「一人暮らしか？」

「いや、ちゃんとした女房がいるんですよ、名前はウメというのですがね、行方が分からなくなっているんです」

「それじゃ、夫婦喧嘩の末に殺したのではないのか」

「父上もそう思いますか？」

「そうではないという、なにか証拠でもあるのか？」

「いや、別にありませんが——女房のウメはとても評判のいい女で、せっせと内職をし、暮らしを支えていたそうです」

「人は何が動機で殺すか分からないからな。瓦職人の丑を悪く言うのも、ウメが人殺しではないって言いたいんだよ、周りの人間たちは」

「というよりも、丑という男がウメに殺されるのは当たり前だ、と言いたいのじゃないですかね」

「そうかも知れん。いずれにしろ、早くウメの居所を突き止めることだ」

伊兵衛はそう言って、素麵を音立てて啜《すす》った。

（二）

七夕の笹飾りを川に流す日は、伊兵衛は非番であった。

その日の昼四ツに、同じく非番の矢田部謹之助が組屋敷にやって来た。

「お寛《くつろ》ぎのところを、まことに申し訳ありません」

と茶を出した萩乃に、四角ばった挨拶《あいさつ》をした。

「近づいて参りましたですね」

萩乃が言うと、

「いや、何やかやと忙しくて」

と謹之助は汗を拭きながら答えた。

萩乃が下ると、

「婚礼の招待客だがな、思ったより大勢になりそうなのだ」

と謹之助は言った。

「だから慎ましくやれと言っただろう」

伊兵衛が怒ったように言うと、

「そうはいかんのだ。堀田家の方も、最低二十人はくると言うしな。わしの方も、年番始め支配の面々、同僚、佐藤玄朴先生、それにおぬしの関係、数え始めるときりがないのだよ」

「一体何人になるのだ？」

「今のところ、七、八十人にはなりそうだ」

「数寄屋河岸の錦水亭は、それくらいの人数は大丈夫だろう」

「それは大丈夫だ」

「それなら何も心配することはない。みんな呼んでみんなで騒げばいいのだ」

「そんな花見みたいなことを言って」

謹之助は「おぬしは無責任だぞ」と言いたかったが、これまでの伊兵衛の骨折りを知っているので、口には出さなかった。

「もう日がないので、そろそろ招待状を書かないとな」

「芳江さんに書かせろ、最後の親孝行だ」

「ははは、その通りだ」

謹之助はようやく機嫌のよい顔をして、辞して行った。

伊兵衛はすぐ外出の支度をした。

「どちらにお出かけですか？」

萩乃が尋ねた。

「うむ」

伊兵衛は咄嗟《とつさ》に口ごもったが、

「おさわのところだ」

と本当のことを言った。

おさわとの関係はもう洗いざらい告白している。今更《いまさら》隠しだてをしては、却《かえ》って風《ふう》波《は》の元だと思ったのだ。

「その後、如何なのですか？」

萩乃は少しも動揺はしていなかった。

「玄朴先生の仰《おつしや》る通りだと、もう長くはないだろう。わしの見た眼でも、段々と瘦せて、顔色もよくない」

「それで、おさわさんは、自分のことをどう思っているのですか？」

「自分の事とは？」

「死ぬことに決まっているでしょう。もうすぐ死ぬと分かっているのですか？」

「それは分からぬ。おそらく、何《いず》れ助からないとは思っているだろう」

萩乃は黙った。

伊兵衛は玄関に下りると、

「行って来る」

と言い、萩乃も「行ってらっしゃいませ」と見送った。

玄関の戸が締まるのを見ながら、萩乃はどうしてこんなに平静でいられるのだろうと、我ながら不思議に思った。

以前の自分だったら、いろいろと気を回して、一日中塞《ふさ》いでいただろう。何をしても気分が苛立《いらだ》ち、捌《は》け口《ぐち》のない坩堝《るつぼ》に落ちて、ついには心の病にまでなった過去のことを思い出す。

それがいまは、「おさわのところだ」と聞いても、心が騒がないのだ。

何もかも知ってしまったということもあるだろう。

おさわはもう余命いくばくも無く、死と向き合って生きている女だと思えば、いつしか嫉妬心も消えて、女同士の思いやりさえ生まれてくるのだ。

夫の伊兵衛が心変わりもせず、せっせと見舞いに通うのを見ると、二人の関係はその場限りのものではなく、本当に心で結ばれていたのだと思う。

それは、とりもなおさず、妻である自分に対する裏切りではないか、と考えるが、それでも気持ちが騒がないのは何故だろう。

萩乃は自分の心の中に、傲慢《ごうまん》で不純なものを意識せずにはいられない。

おさわという女はもうすぐ死ぬのだ。伊兵衛がどんなに彼女のことを愛していようと、すべては過去のことになってしまうのだ。

わたしと夫との夫婦関係は、まだずっと長く続くだろう。

ほんの一時の感情で、その長い時間を黒く塗りつぶしてしまうのは、利口な女のすることではない、と考える。

それですべてがすっきりするとは言えないが、人生は現実である。日々変わってゆく。伊兵衛の心も変わる。自分の心も変わる。どんな心の傷も、いつかは癒《いや》されてゆくものなのだ。

萩乃はそう考えると、そうだ、今日は七夕の笹飾りを川に流す日だ、と思った。


佐藤玄朴の診療所に行くと、門の脇に笹飾りが立っていた。

伊兵衛がよく見ると、玄朴の短冊は一つもなかった。

「先生は願い事はないのですか？」

と尋ねると、玄朴ははははと笑って、

「医者の頼みは星もかなえてくれませんよ」

と言った。

「人の生命ばかりではなくて、先生個人の願い事もあるでしょう」

伊兵衛が言うと、

「まあ、有るには有りますが、無いのはそれを短冊に書く夢ですかね」

と玄朴は答えた。

「夢ですか――」

二人は何となく笑って、伊兵衛は二階へ上がって行った。

おさわは起きていて、外行きの支度をしていた。

「佐吉はどうしてる？」

「いま来るわよ」

おさわは何となく伊兵衛の顔を見て、柔らかく微笑《ほほえ》んだ。

「今日は調子がよさそうだな」

伊兵衛が取り敢えずそう言うと、

「思い出せない？」

とおさわは言った。

「えッ、何のことだ？」

伊兵衛は慌てて思い出そうとしたが、頭の中には何も浮かばなかった。

「わたしたちが初めて結ばれた日」

おさわはそう言って、また口許で微笑んでみせた。

「ああ」

伊兵衛はそう言うと、忘れていた自分の迂闊《うかつ》さよりも、微笑んでいるおさわの変化に驚いていた。

元気な頃のおさわだったら、もっと強く伊兵衛を咎《とが》めたはずだ。

佐吉が上がって来ると、

「行こう小母さん、先生にはちゃんと言って来た」

と言った。

「日本橋川《にほんばしがわ》のほうが近いだろう」

「神田川へ行くって昨夜《ゆうべ》約束したじゃないか」

「あなたも行ってくれる？」

伊兵衛はおさわの顔を見た。

「それは俺は構わないが、神田川は遠すぎるのではないか」

「大丈夫よ。ゆっくりゆっくり行って、夜までに帰ってくれば」

おさわはどうしても神田川まで、笹飾りを流しに行く気であった。

「それでは駕籠を頼もう」

伊兵衛が言うと、

「馬鹿ねえ、駕籠に乗って笹流しに行く人がありますか」

とおさわは一蹴した。

「まあいいや、駕籠はどこでも捉《つか》まえられる」

伊兵衛も覚悟して、三人は二階から階段を下りた。

玄朴は「気を付けて」と言い、あとは黙って見送った。

おさわの好きなことをやらせる、と考えているらしかった。

表に出ると、昼の日差しは強くて、伊兵衛は手をかざしながらおさわの方を見た。

おさわは一瞬、顔を顰《しか》めたが、すぐに日傘を広げた。

佐吉は笹竹を担ぐと、軽い足どりで先頭を歩いた。

伊兵衛は昼時が近いことを思い、日本橋あたりで何か美味しい物を食べようと考え、すぐに、おさわの身体のことが気になった。

三人が霊巌橋《れいがんばし》を渡り、南茅場町の裏の通りを歩いていたときだった。

左手の組屋敷のある道から、七夕の笹飾りを持った萩乃と、大きなお腹をした理恵が現れた。

咄嗟の出来事であった。

伊兵衛はその場から逃げ出したい気持ちだったが、その激しい狼狽《ろうばい》が、おさわにも伝わった。

眼を上げた彼女が見たものは、こちらを真っ直ぐ見返している二人の女だった。年嵩《としかさ》の女が伊兵衛の妻の萩乃で、膨らんだお腹をしているのが嫁の理恵だとすぐに分かった。

おさわの心は決まっていた。いまさら逃げ出すことは出来ない。臆することなく挨拶をして、あとはどう思われようが仕方のないことである。

そのとき、萩乃の方が優しく笑ったように見えた。

おさわが意表をつかれたように見返したとき、萩乃は笑ってこそいないが、余裕のある顔をしていた。

「笹竹を流すのか？」

意外に、始めに口を利いたのは伊兵衛であった。

「はい、日本橋川に」

萩乃も動揺した気配もなくそう答えた。

おさわはようやく普段の顔を取り戻すと、「お初にお目にかかります。おさわと申します。旦那さまにはいつもお世話になりまして」

と言って、深々と頭を下げた。

自分の立場としては、少しおかしな挨拶だと思ったが、その場はそれより他に言葉を思いつかなかった。

「やはり笹流しでございますか？」

萩乃が言った。少しの拘《こだわ》りもない鷹揚《おうよう》な物言いであった。

「はい、神田川まで」

「それは大変ですね、遠くて」

おさわは答えようがなくて、ただ笑って少し頭を下げた。

「それでは、行って来る」

伊兵衛がにこりともせず、朝出かけるときのように言った。

「行ってらっしゃいませ」

萩乃もそれだけ答えた。

伊兵衛は歩きだしながら、理恵の顔を盗み見た。

いつもの理知的な、静かな顔を理恵はしていた。

おさわは伊兵衛の後に従いながら、もう一度萩乃と理恵に頭を下げ、その場を去って行った。

悪い夢を見ているような瞬間だったが、伊兵衛にしてみれば、夢でも偶然でもなく、此処《ここ》で萩乃らと出合うのは、当然と言えば当然の出来事であった。

理恵は遠ざかって行く三人の影を眼で追いながら、あの女がおさわという女なのか、と新一郎の言葉を思い出していた。

ある夜、なにかのついでに、新一郎が、

「父上も、わりない仲の女がいるのだよ。おさわと言ってな、新内の師匠をしている」

と話してくれた。

理恵はあまり深くは聞かなかったが、母の萩乃も、姉の初も知っていることなどを新一郎は打ち明けた。

「痩せた女ね」

萩乃がぽつりと言った。

おさわは、彼女の想像とあまり違わなかった。

粋なつくりをして、着こなしも素人離れがし、いかにも新内のお師匠さんという感じだったが、もう少しふくよかな体つきだと思っていた。

やはり病気のせいだろうか。

萩乃は何故か、おさわが美しい女であったことに、誇りのようなものを感じていた。

どうして美人であったことが、こんな気持ちにするのだろう。

萩乃にははっきりとは分からない。ただ彼女の想像とは反対に、おさわが醜女《しこめ》であったら、萩乃の心は傷ついていただろう。

それは、自分の夫の趣味や目利きの問題であり、それはとりもなおさず、萩乃の自尊心にかかわることでもあった。

しかし、彼女はすぐに思う。おさわが美人でよかったなどと言えるのは、おさわがもうすぐ死ぬ女だと分かっているからで、これが通常の状態であったら、もっと嫉妬し、心を悩ませたことだろう。

それにしても伊兵衛が、自分の家の七夕飾りを流すことなど頓着せず、おさわと神田川まで行くというのは、男というものはどこまでも身勝手な生き物だなと思った。

小舟町《こぶなちよう》の料理茶屋に上がると、佐吉はもう有頂天であった。

店の板前が丹精こめた料理を、片っ端から平らげ、手を付けないおさわの分まで食べつくした。

おそらく佐吉にとっては、出て来る料理が磯のものも、山のものも、畑のものも、生まれて初めて口にするものであった。

「旨《うま》いか？」

と尋ねると、

「俺、この店で働こうかな。こんな美味《おい》しいもの食べられるなら、どんなことだってするよ」

と言った。

おさわは食欲がないのか、あるいは用心して箸を付けないのか、納涼膳の半熟卵に少し口を付けただけで、あとは茶だけを飲んでいた。

「素麵でもどうだ？」

と伊兵衛が言うと、

「これでいいのよ。わたしのことは気にしないで」

と、伊兵衛に酒を注いだ。

「女房のやつ、おめえを初めて見てどう思ったかな？」

と問うと、おさわはちょっと笑って、

「それはあなたの方がよく知ってるはずじゃありませんか」

と言った。

「いつだったか、おめえの面倒を見てもいいと申し出たのだから、別に驚いてもいないだろう」

と伊兵衛は言い、心の中では、嫁の理恵のことが気になっていた。

俺のことをどう思ったのだろう。やはりその辺の、どこにでも居る助平親父と思っているのだろうか。

〈まあ、それも仕方がない〉

と伊兵衛は思う。

俺とおさわがいま、どんな環境で寄り添っているか、ほんとのことは誰にも分からないのだ。

そんな思いが、伊兵衛の心を少しは楽にしてくれた。

「怒られても知らないから」

おさわが悪戯《いたずら》っぽい顔をして言った。

「ふん、いまさら怒ったってどうにもなるまい」

伊兵衛は平然として言ったが、内心は萩乃に対して少し気が咎めていた。

料理茶屋を出ると、佐吉は足どりも軽く、七夕飾りを担いで先を歩いた。

「佐吉さん、嬉しそう」

「旨いもの食ったからな。人間、食べ物や金で元気の出る奴は幸福だ」

おさわは黙っていた。

伊兵衛はすぐに失言だったかなと気付いたが、おさわの顔は別に気にしていなかった。

和国橋《わくにばし》を渡り、杉森《すぎのもり》新道に来ると、まだ二人が別れていた頃、裕福な男と歩いていたおさわを、伊兵衛が目の色変えて追っていたことをからかった。

「別に目の色を変えちゃいねえよ」

「あらそうかしら。わたしはあのとき、ぞくぞくするほど嬉しかった」

「ざまァ見ろと思ったのか」

「違うわよ、分かってるくせに」

二人はそんな会話をかわしながら、千鳥橋《ちどりばし》まで来た。

伊兵衛が柳橋《やなぎばし》の方へ行こうと言うと、おさわは柳原《やなぎはら》通りを歩きたいと言った。

伊兵衛は佐吉に、道を左に折れるように指示した。

柳橋に行くより、柳原通りに出ると道はずっと遠くなるが、おさわにはそれなりの思い出があるのだろう。

「いつか、あなたの後について、板橋《いたばし》まで行ったことがあったっけ」

「ああ、俺が京まで行ったときだ」

「あのときは楽しかった」

「そうだったな」

おさわはふふふと笑った。

「嘘じゃねえぜ。板橋の宿はいまでも思い出す」

「それは、わたしがあそこで別れて帰ったからでしょう」

伊兵衛はそれには答えず、別れた朝、おさわが手を振っていた姿を思い出していた。

何とも可愛い姿だった。

「あれ一度だけね」

「そうだな」

伊兵衛はそう言いながら、たった一度だけの旅の宿を思い出していた。

おさわは、あんな夜を、もっと二人だけで過ごしたかったに違いない。

馬喰町《ばくろちょう》の茶屋で三人は休みをとった。

佐吉は少しもじっとしているのが嫌らしくて、庭の小さな池で鯉と遊んでいた。

「わたし、江戸へ出てきたとき、ある人の世話になったことがあるの」

「それはそうだろ、上総から出てきた田舎娘が、いきなり新内のお師匠さんになるわけがない」

「それはそうだけど、でも働こうと思えば、蕎麦屋でも船宿でも、雇ってくれるところはあったんだよ」

「初めから、どうしても新内をやりたかったのか」

「そうよ。名主の家で聞いた旅芸人の新内が、どうしても忘れられなくて」

「いわゆる縁というやつだな」

「それが巡りめぐって、あなたと知り合ったというわけ」

「面白いものだな、人間の縁というのは」

伊兵衛は冷えた茶を啜《すす》りながら、今更ながら人と人の出合いの不思議さを思う。

それにしても、おさわはどうして昔のことをこうして喋ったりするのだろう。

自分の死期を悟ってのことだろうか。余命いくばくもないことを知って、未来のことではなく、過ぎ去ったことを自然に思い出すのだろうか。

伊兵衛は、この落ち着いた静かな態度はどこから来るのだろう、と思った。

これが自分だったらどうするか。

伊兵衛は間違いなく、己の悲運を嘆き、狼狽《ろうばい》をし、人に会ってしゃべることさえ厭《いと》うことだろう、と考える。

「妹はどうしているかしら?」

おさわは急にトキのことを言い出した。

「せっせと仕事をしているだろう。また手紙を出してみるか」

「一度は出したのよ」

「どんなことを書いて?」

「いろんなことよ。また出て来るって言ってたから、今度は浅草や両国《りょうごく》、下谷《したや》、神《かん》田《だ》、いっぱい遊びに行こうって」

「いつ頃出て来るのだろうな?」

「さあ、秋は百姓は忙しいから——寒くなる頃じゃないかしら」

伊兵衛は胸の中で指を折った。

九月や十月では、おさわの死に間に合わない。

妹のトキは、姉の死期を知っているのだから、どんな無理をしてでもその前に江戸へ出てくるはずだ。

「早く出てくるだろう、まだ涼しいうちに」伊兵衛はそんな慰めを言い、三人で茶屋を出た。

新《あたら》シ橋《ばし》はあまり人通りはなかった。

神田川のこちら側には、いわゆる柳原土手が続き、柳の木が穏やかな風にかすかに揺れていた。

橋の真ん中に立つと、二組の家族連れが笹飾りを流していた。

おさわは佐吉から七夕飾りを受け取ると、暫《しばら》く川面を眺めていた。

伊兵衛も流れに眼を落した。

少し濁った川は、音もなく流れている。誰かが流したのであろう笹竹が、幾本か水面に浮かんでいる。

おさわはなかなか七夕飾りを落そうとしなかった。

その横顔は、眼こそつぶってはいないが、なにか一心に祈っているように見えた。

伊兵衛は、自分もおさわのために祈らなければいけないと思いながら、心が宙に浮いたようで、いろいろなことが脳裏を掠《かす》め、ただ流れを見ていた。

おさわが七夕飾りを投げた。

賑やかに飾りや短冊を付けた笹竹は、音もなく、川面に向かって落ちていった。

（三）

新一郎は、鎌田八郎太の指示で、ずっと殺された屋根屋の女房を探していた。屋根屋の丑という職人は、刃物で腹を抉られたまま家で死んでおり、女房のウメは行方知れずのままであった。

丑の親兄弟は下総《しもうさ》の方にいて、ウメの母親と弟は小塚原《こづかっぱら》で細々と百姓をしていた。新一郎と辰平はすぐに浅草の奥まで足を延ばしたが、ウメが立ち寄った形跡は全くなかった。

「来たらすぐに届けろ、いいな」

新一郎は母親に命じ、下っ引の忠平を現場に残して戻った。

母親は、あの子に限って自分の旦那を殺すようなことはしません、と必死に訴えたが、そのときの涙が新一郎には印象に残った。

ウメはよく気のつく、心根の優しい女で、丑と結ばれるときも、自分から惚《ほ》れ抜いて世帯を持ったのであった。

だがその後、いくら探しても行方は分からず、ウメが親しくしていた長屋の者も、誰一人その行き先を知っている者はいなかった。

生まれ育った実家とも音信を断ち、親しかった人々とも別れて、女一人、一体どこで生きているのか、不思議であった。

新一郎は、ある一つの噂を耳にした。

ウメはひそかに男と付き合っていた、ということであった。

噂を口にした女は、朝日《あさひ》稲荷の横に住んでいる『あふぎ貼り』の女で、二、三度ばかり忍び会っているのを見たというのだ。

ウメはこの女の下で内職をしていたことがあり、日頃から親しくしていたという。

「男は幾つぐらいだ？」

と尋ねると、三十歳くらいだという。こざっぱりしたなりをしていて、職人風だったというのだ。

三十歳といえばウメと同じ年格好である。ウメはその男のところに居るのであろうか。

新一郎らは、その男を見つけることに躍起になった。

小塚原からは忠平を呼び戻し、周囲一帯の職人という職人を片っ端から当たった。

父親の伊兵衛に頼んで、文蔵や新吉らも動員して探したが、今までのところ、ウメの行方は杳《よう》として分からない。

「妙だな、神田で三十前後の職人となれば、おおよその見当は付きそうなものだ」

伊兵衛は、ときどき顔を出す小料理屋で新一郎と向かい合った。

「ぼて振りや屋台、香具師《やし》なども当たってみたんですがね、いまのところ全然手応えなしです」

「もしかしたらウメは遠出をしているかも知れん。そこで知り合ったとすれば、神田をいくら探したって無駄骨だな」

「そうですかね」

新一郎は途方にくれた顔をした。

「ところで新一郎、理恵は何か言ってなかったか？」

「いや、なにも――おさわという女とばったり行き合ったことでしょう、母上から聞きましたよ」

「何と言った？」

「気になりますか？」

新一郎はわざと、気をもたせるように言って、伊兵衛の顔を見返した。

「馬鹿野郎、親をからかうんじゃねえ」

伊兵衛は乱暴に言った。

「別に、父上が気にするようなことは言ってませんでしたよ。七夕飾りを捨てに、わざわざ神田川まで行くのは、父上にしては珍しいことだって」

「おさわについては何も？」

「言ってませんでした。二晩だけ家に泊めた子供が一緒だったと言ってました。木挽《こびき》町《ちょう》の一件で親をなくした子供でしょう」

伊兵衛はなぜ萩乃が、おさわの病気のことを黙っていたのだろうと思った。おさわがもうすぐ死ぬ身体であることを、新一郎や理恵にどうして言わなかったのだろう。

伊兵衛はその気持ちが分かるような気がした。

おさわのことを、「もうすぐ死ぬ女なのです」と言えば、誰だって同情をする。何をしたって許そうとするだろう。

その心情は、伊兵衛にも及ぶのだ。彼が浮気をしているという事実よりも、余命旦《よめいたん》夕《せき》に迫っている女に、一生懸命に心をつくしている、ということの方がはるかに感銘を呼ぶのである。

それは萩乃にとって、心穏やかなことではなかった。

自分のこれまでの苦痛や、悩み、心の葛藤《かっとう》といったものが、一遍《いっぺん》に吹き飛んでしまいそうな気がするのである。

伊兵衛は、おさわが死の病であることを新一郎に告げた。

別に自分の行為を美化するのではなく、おさわの本当の姿を新一郎には知っていて貰いたかった。

「そうですか」

新一郎はそう言って、あとはなにも尋ねようとはしなかった。

ただおさわという女の運命の拙《つたな》さを、父上は一体どんな気持ちで受け止めているのだろうと思った。

屋根屋の丑の事件から十日ほど経っていたが、犯人の疑いを掛けられたウメの行方は依然として分からなかった。

そんななか、南町奉行所の細田惣兵衛はじめ、支配与力や矢田部謹之助の同僚、日下伊兵衛らが、夕方になると続々と数寄屋河岸の錦水亭に集まった。

いよいよ今宵は、芳江と堀田利三郎の婚礼の儀が行われるのである。

謹之助は例の温厚な顔を赤らめ、まるで自分が嫁を貰うかのように忙《せわ》しなかった。

「もう少し落ち着きなさい」

と妻のまつに窘《たしな》められたが、一向におさまる気配はなかった。

それに比べ、堀田清左衛門《せいざえもん》夫婦は落ち着いたものだった。

伊兵衛は清左衛門と顔を合わせると、

「いつぞやは迷惑をお掛け致しました」

と挨拶をした。

「いや、なに」

清左衛門は人のよさそうな顔で、笑ってみせた。

今日から親戚の間柄になることが、嬉しそうであった。

伊兵衛は玄朴の横に坐《すわ》った。

「どうもお忙しいところを」

と言うと、

「いやいや、めでたい席に呼んでいただいてどうも」

と玄朴は頭を下げた。

この二日ばかり、おさわの容体が悪く、玄朴は眼の離せない日が続いたのである。

七夕飾りを神田川へ流しに行ったときは、あんなに元気だったのに、それが嘘のような苦しみに襲われたのだ。

ひどいときには、布団の上に寝ていることも出来ず、身体を丸めたり、上体を起して叫んだり、本当に恐ろしいような姿だった。

玄朴は出来る限りの手をつくし、薬も毒薬に近いものを飲ませたが、おさわの苦しみを取り除くことは出来なかった。

伊兵衛はただおろおろと眺め、ときには身体をさすり、慰めにもならぬ言葉をかけるしかなかった。

その夜は、眠らずにおさわに付いていた。ほんのひととき、薬で痛みが薄らいだあいだに仮眠するのである。

「ごめんね」

とおさわは言った。

わたしはもう大丈夫だから、組屋敷に帰りなさい、とも言ったが、

「心配をするな。俺は此処にいる方が落ち着くのだ」

と伊兵衛は、とうとう朝を迎えた。

おさわの痛みは断続的に襲った。

「おれは町奉行所に顔を出して来る。すぐ戻って来るからな」

そう言うと、

「わたしのことは構わないで」

とおさわは見返した。

伊兵衛は、日頃のおさわから想像していたのとは違う、とても控え目なところを見せられていた。

病気になってからおさわは、あまり我《わ》儘《まま》を言わなくなっていた。

口調が伝法で、あけすけな態度のおさわはどこへいったのだろう。

病気になったら、もっと我が儘になり、宥《なだ》めたり賺《すか》したり、扱いに苦労をすると思っていたのに、万事に控え目で、こちらの気持ちを汲んでいる様子なのだ。

身体が弱ると一緒に気も弱るのだろうか。伊兵衛は南小田原町の日々が、堪《たま》らなく懐かしく、いますぐにでも、おさわを連れて帰りたい衝動にかられるのだ。

今頃はどうしているだろうか。痛みに襲われ、声をあげて泣いてはいないだろうか。

横に悠然と座っている玄朴を見ると、その心配もなさそうである。

「おさわは、どうしてますか先生？」

思わずそう尋ねると、

「今日は具合がよさそうですよ。佐吉を相手に喋っていましたから」

「あの調子だと、もう残りは僅《わず》かですね」

伊兵衛が思い切って聞くと、玄朴は、

「うむ」と言って言葉を切り、「その覚悟は必要でしょう」と言った。

伊兵衛は、自分の胸の中で、プツンと望みの糸が切れるのを聞いた。

花嫁姿の芳江は美しかった。

今の伊兵衛の眼には、余計に感激に満ちた姿に見えた。

芳江と利三郎は、これから自分たちの人生を歩むだろう。子供が出来て親になり、仕事をし、ときには喧嘩もするだろう。

新一郎と理恵だって同じことだ。

しかし、彼らにはいつも何かと出合う明日がある。手垢《てあか》の付いていないまっさらな時が、両手を大きく広げて待っているのだ。

そう思って新一郎の方を見やると、端正な横顔がやけに立派に見えた。

あくる日、矢田部謹之助は二日酔い気味の顔で出仕《しゅつし》していた。

「今日は休みを取ると思った」

伊兵衛が言うと、

「まあな、わしもそう思ったが、昨日大言壮語したのでそうもゆくまい」

「何を大言壮語したのだ？」

謹之助は決まり悪そうに笑顔を作ると、

「利三郎を婿に貰ったからには、もうそろそろ隠居だろうというので、馬鹿を言うな、わしはこれからばりばり働くぞ、と大見得を切ったのだ」

「ふん、下らないことを言ったものだ」

「どうして？」

「そうではないか、隠居するのはもう目前だろう」

「いや、わしは身体には自信がある。まだまだ働くぞ」

「昨夜《ゆうべ》はどうだった？」

「えッ、昨夜――？」

「組屋敷に帰ってからだよ」

「よく覚えていないな。料理屋なのでつい羽目を外して飲んで」

「では今朝はどうだった？」

「今朝――うむ、何とも妙な具合だった。いつも親子三人で膳に向かうのに、利三郎がわしの眼の前に居るんだ」

「親子になったんだからな」

「いや、本当に妙なものだな。何か言葉を掛けなければいけないと思いながら、とうとうひと言もいわずじまいだ」

「それだけか？」

謹之助は反問するように見返した。

「芳江さんと利三郎殿が目の前にいるんだぞ、それも夫婦として」

「ああ、いつも言ってる焼き餅のことか。それが不思議と嫉妬心は湧いて来ないのだ。二日酔いの頭で、なんだかぼーとしてな」

「それはよかった。わしは心配したぞ、おぬしが膳をひっくり返したりしないだろうかとな」

「てんごうをいうな、なんでわしがそのようなことをするのだ——しかし、どうしてやきもきしなかったんだろう？」

「二日酔いのせいだよ。そのうち嫉妬心で腸《はらわた》が煮えくりかえるんだ」

「そうかな」と謹之助は一瞬不安顔をし、慌てて「馬鹿を言うな、わしはそんな不出来な人間ではないぞ」と言った。

伊兵衛は笑って、

「それでもな、段々と、いい加減に隠居しなければ、という気持ちになるんだよ。利三郎殿はすぐに見習いになるのだろう？」

「まあ、お奉行には願いを出すつもりだ」

「そうなると、ますます隠居せずにはいられないのだよ」

「それじゃおぬしはどうだ？　同じことではないか」

「そうだ。母屋を新一郎夫婦に明けわたしてな、わしらが家作の方に移ろうと思う」

「おぬしも隠居するのか？」

「何れ《いず》な」

「うむ、何れは誰だってそうなるが――わしも隠居小屋を建てようかな」

二人はそこでちょっと口を噤《つぐ》み、

「ところで、おぬしにちと頼みたいことがあるのだ」

と伊兵衛が言った。

「なんだ頼みとは？」

「初めて打ち明けることだがな、わしにはずっと親しくしている女が居るのだ」

「ふん、そんなこと察しはついてる。わしも木石ではないからな、おぬしに女がいることぐらい分かっていた」

　謹之助は意外に驚かなかった。

「その女が、余命いくばくもないのだ。玄朴先生のところに預けているんだがな」

　今度は謹之助も「ほう」と言った。

「わしはその女に、出来るだけ付いていてやろうと思う」

「それはまあ、そうするのが当然だな、実のある人間なら」

「そこで頼みというのは、先日の元濱町の事件だが――」

「ああ、屋根屋の丑という男が殺された事件だろう」

「わしに回って来たのだ。なんとかウメという女房を探し出せとな。おぬしに、それを代わってやって貰《もら》いたいのだ」

「ああ、それはいいのだが」

　謹之助は、なんだそんなことか、という顔をしたが、すぐに、

「年番与力に分かったらうるさいぞ」

　と言った。

「そこはうまくやろう。今まで動いてた文蔵と新吉は、おぬしに預ける」

　伊兵衛は、これで区切りが付いたという顔で謹之助を見やった。

文蔵と新吉は、謹之助のもとで懸命にウメを探すだろう。

俺はそのあいだ、おさわがこの世を去るまで、孤独や哀しみを出来るだけ共にしようと思った。


佐藤玄朴の診療所に行くと、おさわは眠っていた。

玄朴が申し訳なさそうな顔で、

「実は昨夜《ゆうべ》、婚礼の席から戻ると、大変な苦しみようでしてね」

と言い、

「それで朝まで眠れずに、さっきやっと落ち着いたんですよ」

と伊兵衛の顔を見返した。

「先生、ちょっと」

伊兵衛はおさわの傍を離れ、階段を下りて診療室に入ると、

「お願いがあるんですが」

と重々しい口調で言った。

「何です？」

「ずっと考えてみたのですが、おさわの身体を、切り開いてみてはどうでしょう

か？」

伊兵衛は、言ってはならないことを口にしているような気がしていた。

玄朴は、驚いた顔で黙っていた。

「なんとか、助ける工夫はないものかと思いまして」

「わたしの妻にしたことを、おさわさんにもやれというのですか？」

玄朴は怒気を含んだ声で言った。

伊兵衛は黙ってその顔を見返していた。

「それは出来ません」

玄朴の声は震えていた。

「何故です？」

伊兵衛も、ここまで来たらもう引き返せなかった。

「おさわさんの身体は、もう一箇所ではなくて、他の臓器にも病変が移っているんです」

伊兵衛は息をのんだ。

おさわの病巣は、もう身体のあちこちに広がっているのか。

「妻の身体を開いたのは、医者としてではなく夫としてやったのです」

二人は言葉がなかった。

玄朴は妻の身体の中に、一体何が起こっているのか、それが知りたくて執刀したのだ。

妻の生命を救うためではなく、夫として、死にゆく妻を座視していることが出来ず、異常な精神状態で執刀したのだ。

そのとき、玄朴は医者ではなかった。

そして、妻は死んだ。

いま同じことを、他人の女にやれというのはあまりにも酷であった。

一体どういう権利が有るというのか。他人の身体を、救う目的もないまま、切り開いてみるというのは、およそ医者としては出来ないことだった。

伊兵衛は、一人でまた二階に上がった。

眠っているおさわの顔は、とても安らかとは言えなかった。

頬は少し尖《とが》って見え、一晩じゅう苦しみ抜いた表情が、小さくなった顔に色濃く残っていた。

〈おさわ〉

伊兵衛は心の中で呼んでみた。

すると、抑え切れない哀しみが胸に溢《あふ》れ、伊兵衛の眼から止めどなく涙が流れた。おさわのために流した、それが伊兵衛の最初の涙であった。

(四)

矢田部謹之助は元濱町に来ていた。

文蔵や新吉、それから辰平も御用聞きとして参加していた。

謹之助は最初から出直すつもりだった。長屋の近所の人々を集め、丑とウメのことを根掘り葉掘り尋ねた。

左右の隣の女房は、五ツ半頃にウメの声を聞いていると言った。なんだか切羽詰まったような声であったという。

「そのときには、亭主の丑は帰っていたのか?」

謹之助が尋ねると、左隣の女房は、たしか帰っていたはずだと言った。

「ばたッと人が倒れる音を聞いたんです」

「それは何時のことだ?」

「たしか、五ツ頃だったですかね。はっきりしたことは覚えていないんですけども」

謹之助は首をひねった。人が倒れる音を五ツ頃に聞いて、ウメが叫び声を上げたのが五ツ半だというのは、あいだに半ときもの開きがあるからである。

木戸番に聞くと、たしかウメが帰って来たのは五ツ半頃だったのではないかと言う。

そうなると、ウメが帰る半ときも前に丑が倒れる音がしたことになる。

丑が殺されたのは、ウメが帰る半とき前だというのか。

「ウメが木戸を出ていった時刻は覚えているのか？」

謹之助が尋ねると、

「それが、出てゆく姿は見てませんので」

と木戸番は曖昧に答えた。

「気がつかなかったのか、それとも、見ていたけれども通らなかったのか？」

「あっしも戸締りや、売り物の傘や雨具をしまっておりやしたので」

と木戸番は申し訳なさそうに言った。

謹之助がおかしいと思ったのは、犯人とおぼしきウメが帰る半ときも前に、ばたッと丑の倒れる音を聞いたということだ。

「丑は酔っぱらっていたのか？」

と尋ねると、あの男が酒に酔っていない日はないという答えだった。

ばたッと倒れる音は、酔っぱらった丑が倒れ込む音だったというのだろうか。

文蔵が横から、

「念のために聞くのだがな、ウメはよく何処《どこ》かへ出かけなかったかい?」

「おウメさんがですか?」

右隣の女がそう言って、左隣の女と顔見合せ、

「そう言えば、向島の木母寺《もくぼじ》に行くと言っていましたけど――」と言った。

「向島の木母寺? ――」

文蔵はそう呟《つぶや》きながら、謹之助の顔を見やった。

「梅若塚《うめわかづか》のあるところだな」

謹之助は、何故ウメがわざわざ木母寺に行ったのか、理由を思いつかなかった。

木母寺ははじめ梅若寺と称したが、慶長《けいちょう》十二年に木母寺と改称された。

京でかどわかされた梅若丸がこの地で死んだのを悼《いた》み、母親の花御前が草堂を建てたのが起源とされている。

その木母寺とウメとが、一体何の結びつきがあるというのだ。

「とにかく木母寺に行ってみよう」

謹之助のひと言で、文蔵と房吉が一緒に行くことになり、竹屋ノ渡しまでは猪牙舟で行った。

竹屋ノ渡しから木母寺までは、いわゆる墨堤《ぼくてい》と呼ばれ、春になると桜の並木で人々を楽しませた。

木母寺は大きなお寺ではないが、敷地には梅若塚があり、近くには、隅田村の鎮守である水神様が祀《まつ》られ、江戸の人達には親しまれたところである。

謹之助らが木母寺に着くと、尼僧が迎えてくれた。

「三十歳くらいの女でございますか？」

と少し眉《まゆ》をひそめた。

「小綺麗な女で、名前をウメと言います。何度かこちらにお参りしていると聞きましたので」

謹之助が言うと、尼僧はその言葉で思い出したのか、

「ああ、その方なら思い出しました。梅若塚を長いことじっと見つめておられましたよ」

「話はなさらなかったのですか？」

「はい。その方が何か？」

「いや、ちょっと」

謹之助は言葉を濁して、木母寺を眺めた。どこにも手を加えたところはなかった。

「最近、どこか手を加えられたところはありませんか、職人を呼んで?」

「いいえ」

尼僧はそう答えて、すぐに、

「すぐそこの水神様では、どこか修理をしているようでございますが」

と言った。

隅田村の鎮守である水神様は、大川のほとりに建っていて、今しも一人の宮大工が黙々と働いていた。

謹之助は鳥居のところに待っていて、町人を装った文蔵と房吉がお参りをした。

宮大工の職人は、年は三十を少し過ぎているだろうか。『あふぎ貼り』の女が言うように、どこかいなせな感じの男であった。

普通の大工では出来ない仕事なので、わざわざ呼んだのであろう。

「ご苦労さまでございます」

と文蔵が声をかけると、大工職人は黙ってお辞儀を返した。

「いつまで掛かるんですか？」

文蔵がまた尋ねると、

「今日で終わりです」

と振り向きもしないで答えた。

文蔵らは、鳥居まで戻ると、

「どうも、『あふぎ貼り』の言った男ではないかと思うんですがね。年格好といい、様子といい、そっくりなんです」

と謹之助に報告した。

「よし、家まで付けてくれ」

そう謹之助は指示して、自分は一人で引き返した。

〈やっぱり俺の思った通りかも知れない〉

と胸の中で思った。

ウメがどうして木母寺に行ったかは分からないが、そこで親しくしている男と出合ったとすれば、いくら神田界隈を探しても分からないはずである。

だが、相手の男は木母寺ではなくて、近くの水神様に来ていたのだ。

二人は何処で知り合ったのか。

もし親しくしている男が、あの宮大工の職人なら、ウメを匿《かくま》っていると考えてもおかしくはない。

謹之助は思った。ウメという女は、近所の噂ではとても評判のいい女だ。

それが、来る日も来る日も、酒に溺《おぼ》れている亭主に愛想を尽かして、ふとした出来心で他の男に救いを求めたとしても、決して不自然ではない。

そして、ある夜、堪《たま》り兼ねて亭主の丑を殺し、その男のもとへ逃げたと考えるのは、妥当ではないだろうか。

伊兵衛とてもそう考えるはずだ。

そう思いながら、謹之助は南茅場町の大番屋に行き、そこで文蔵らを待った。

夜になって、文蔵は一人で大番屋にやって来た。

「あの宮大工の住んでるところは、小名木川《おなぎがわ》の海辺大工町《うみべだいくちよう》ですよ」

と文蔵は報告した。

深川と本所のあいだを流れる小名木川沿いに、海辺大工町は散在している。

「一緒にウメが居る様子はなかったか？」

謹之助はまずそう尋ねた。

「いえ、暫《しばら》く見張っていたんですが、五平《ごへい》と呼ばれている職人は一人者ですよ。念のために房吉を残して来ましたが」

文蔵の報告は以上であった。

矢田部謹之助は、夜分に伊兵衛を組屋敷に訪ねることにした。

食事は南茅場町ですませ、酒も二合ほど飲んだ。

外で一人で食うのは久し振りであったが、妙にしみじみとした気分になれた。

臨時廻りの同心が、外で一人で飯を食うというのは、傍目《はため》にはちょっと曰《いわ》くありげに見えるかも知れないが、謹之助にはとても気楽で、落ち着いた気分になれるのである。

家に帰って、芳江と利三郎が向かい合っている姿を見て、平然とした顔をしているよりよっぽどましであった。

〈俺は日下伊兵衛が好きだ〉

と謹之助は思う。

若い頃から何となく気になる存在ではあったが、年月が経ち、年を取るにつれて、馬が合って来たのである。

伊兵衛という男は、まず人を裏切ることがない。なにか頼んでも頼まれても、また仕事や遊びのことでも、人の期待を裏切ったことがない。

いや、絶対ないかと言えば、謹之助以外の人間にはどうか分からない。例えば妻の萩乃である。

他の女を好きになり、今も玄朴のところに起居させている。それは萩乃に対する裏切りであることに間違いはない。

でもそれは許せる、というのはあまりに身勝手であろうか。

謹之助は自問自答してみる。

妻のある男は、絶対に他の女を好きになってはいけないのか、と。

謹之助の答えは否定的だった。

偕老同穴《かいろうどうけつ》とか、比翼連理《ひよくれんり》は人間の理想の姿である。

だが、人は必ずしも理想通りには生きられない。むしろ理想から離れ、いかに理想に近く生きるか、ということに努力しているのが現実である。

萩乃は立派な妻である。だが時として、亭主はその立派さが耐え難いときもある。疎ましく飽き飽きすることもあるのだ。

俺だって、そんな気持ちになったことが一度や二度はある。それでも外に女を囲わなかったのは、たまたま、そんな女に出合わなかっただけだ。

妻である萩乃にも、おなじことが言えるだろう。だがしかし、世の中の見る眼が男と女では違う。生きている土壌も違う。女はより抑制的、禁欲的であることを世間が求めているのだ。

それでもなお、自分の欲求を満たし、主体性を貫こうとして、世の埒外《らちがい》に飛び出す女もいる。

それはそれでいい、と謹之助は考える。

結局は、その人間のタチの問題なのだ。

日下伊兵衛は、自分を押さえつけ、禁欲的に生きる男ではない、ということになるのだが、それでも謹之助は伊兵衛を、自分の好きな人間としているのである。

あの男のいいところはまだまだあるぞ、と謹之助は思う。

豪気なところも好きだ。鷹揚《おうよう》で、細かいことに拘《こだわ》らない、人情味のある人柄もいい。

そして何より、理屈では言えない、人間としての雰囲気が大好きなのである。

それが馬が合うということなのだろう。

そこまで考えて、謹之助は小料理屋の店を出た。

提灯掛《ちょうちんか》け横町はもう静まり返っていた。

伊兵衛夫婦はもう食事もすんでいて、新一郎が来ているところであった。

「夜分、失礼します」

妻の萩乃の手前、謹之助はそう挨拶した。

「今帰りか？」

伊兵衛は仕事を頼んだので、そう言いながら座を譲った。

謹之助は、文蔵の報告したことをあらまし伊兵衛の耳に入れた。

「わたしもそのことが気になっていたのですよ」

新一郎がそう言い、五平という宮大工のことを尋ねた。

「見たところ、無口だが正直そうな男だよ。あんな人間が、ウメを匿っているとは思えないのだがな」

謹之助が言うと、

「分かりませんよ人間は、思い詰めたら何をするか」

と新一郎は苦笑した。

「お前が言うんだから間違いはない」

伊兵衛が横から皮肉っぽく言うと、

「ええッ」

という顔を新一郎はしたが、すぐ理恵とのことだと分かって、

「わたしたちはまた別ですよ」

と言い、家作の方に帰ろうとしたが、

「理恵は変りないかな？」

と謹之助が尋ねると、

「ええ。万事順調ですからご心配なく」

そう言って、引き揚げていった。

「どうですか、芳江さんに婿をお貰いになった感想は？」

横から萩乃が言うと、

「いやいや、それがなかなか」

謹之助は冷えた茶をがぶりと飲むと、

「人間というのは浅ましいものだな。利三郎が憎くてしようがない――いや、別にあの男が悪いわけではないんだ。こういうのを意馬心猿《いばしんえん》というのかな」

と正直に言った。

「意馬心猿はちと言い過ぎだろう」

伊兵衛が窘めるように口を挟むと、

「いやいや、そうではないぞ、うん――わしは、芳江を一人の女として見ていたのかと思うよ」

謹之助は悪びれた様子もなく言った。

「矢田部様でもそうですかね」

萩乃が冷やかすと、

「だから早く隠居しろというんだ。若い夫婦にとってもおぬしらは邪魔なのだ」

伊兵衛もかさにかかって言った。

謹之助は意外にあっさり、

「わしも庭の片隅に小屋を建てようかな、おぬしらも、何れ《いず》家作の方に移るのだろう」

と言った。

文蔵の子分の房吉は、海辺大工町の木戸番が四ツに門を閉めてから、まだ一時あまり粘っていたが、五平の動く気配がないので、自身番小屋で眠った。

朝六ツ前に起きると、もう親分の文蔵が来ていて、

「変りはねえかい？」

と尋ねた。

「へい、全く動かねえんで」

房吉は答え、木戸の見張りを続けた。

六ツ半に木戸を出た五平は、別に変わった様子もなく、木戸を出ると親方の作業場に行った。

作業場は通り一つ隔てたところにあって、数人の宮大工たちが鑿《のみ》や鉋《かんな》を使って作業していた。

五平も、水神様の工事が終わったので、またその作業の仲間に加わったのだ。

「矢田部の旦那の思い違いじゃねえのかな、女の影一つありゃしねえ」

文蔵がそう言ったとき、当の矢田部謹之助が姿を見せた。

「変りはないようだな」

そう呟くと、周りを見やった。

作業場の向こうにはお稲荷神社の祠があって、その先にはお寺の屋根が見えていた。

謹之助は、自分の思い込みが間違っていたのかと考え始めていた。

神田界隈にウメの行くところが無く、親しくしている職人らしい男も居ないとすると、何度か行ったことのある木母寺で二人は知り合ったのではないか、という想像はそう突飛《とっぴ》なものでは無いと思う。

現実には木母寺ではなく、近くの水神様で五平は仕事をしていたのだが、ウメがどこかで五平と知り合ったという可能性はある。

『あふぎ貼り』の女が見た若い職人風の男というのは、てっきりこの五平だと踏んだのだが、昨日から張りついているのに、ウメを匿ってる気配も無いというのだ。

「ご苦労だが、ずっと見張っていてくれ」

謹之助はそう言って、自分はその場を離れた。

周りの建物を調べると、大名の下屋敷、旗本屋敷のほか、霊巌寺《れいがんじ》や浄心寺《じょうしんじ》などのお寺が連なっていた。何れも町方役人の手は及ばないところである。

こんなところにウメが匿えるはずがない、と謹之助は考え、すぐに待てよと思った。

宮大工の五平なら、若《も》しかして、お寺の僧侶と顔見知りかも知れない。

そうだ、僧侶に頼んでウメの身柄を隠して貰っている、という可能性が無いわけではないのだ。

謹之助はお寺の僧侶に当たろうと思った。捕り物ではなく、ただ尋ねるだけなら構わない。

まず法禅寺《ほうぜんじ》に入り、丁寧に「こちらに一人の女性が来ているはずですが」、と鎌を掛けてみると、年老いた住職はきょとんとした顔をして、「いいや」と答えた。

嘘をついてる顔ではない。

続いて隣の雲光院《うんこういん》に行くと、反応は全く同じである。

眼の前には霊巌寺や浄心寺の大伽藍《だいがらん》があるが、謹之助はつくづく自分のしていることが馬鹿らしくなった。

女を匿うことは、いくら町方の手の届かないところとは言え、お寺にとっては軽々しく出来ることではない。まして人を殺した女となれば尚更《なおさら》のことである。

本当にウメを匿っているなら、鎌を掛けられたくらいでうろたえ、顔色を変えるはずがないのだ。

こんなとき、日下伊兵衛だったらどうするのだろう。

謹之助は伊兵衛の顔を思い浮かべたが、別段名案が出て来るわけではなかった。

(五)

伊兵衛はまた玄朴の診療所に来ていた。

「今日は機嫌がよいようですよ。さっき重湯《おもゆ》を少し飲みましたから」

玄朴はそう言って、また老人の患者と向き合いになった。

伊兵衛が二階に上がろうとすると、佐吉が近寄って来て、

「小父さん、おさわおばちゃんは死ぬの？」

と不安顔をして尋ねた。

「どうしてだ？」

「だって、もう死ぬようなことを言ってたから」

「つい口から出たのだろう、そんなことはないよ。後で遊びにおいで」

伊兵衛はそう言って、階段を上がって行った。

おさわは布団の上に座って、手紙を読んでいた。

「また妹からか？」

「そう。何度も何度も読み返しているの」

伊兵衛は黙っておさわの顔を見た。

「別に変わったことが書いてあるわけではないけど、ほかにすることがないから」

「退屈なくらいでいいのだ。なにかして貰いたいことはないか？」

おさわは黙ったまま首を振り、伊兵衛の顔をじっと見返した。

首筋が細くなり、身体も一回り小さくなったような気がした。

「あなた、お仕事はいいの？」

「心配するな」

伊兵衛はそれだけ言って、またおさわを見やった。

おさわはなにか言おうとし、そのままにっこり笑った。

その笑顔は、夫のことを案じている妻のようであった。

こんなときがずっと続いたら、と伊兵衛は思う。

病に臥《ふ》している妻を、優しく見舞っている夫の気持ちだった。

階段に足音がして、佐吉が顔を見せると、遠慮したように二人の方を見やった。

「どうした佐吉？」

と伊兵衛が声をかけると、

「俺、おばちゃんと約束したんだよ、元気になったらもう一度浅草へ行こうって」

「それから、上野《うえの》の山下や、深川《ふかがわ》の八幡さまもね」

おさわは、楽しそうに佐吉と話し始めた。

伊兵衛は、自分を情の薄い男だと思って来たが、今は少し考え直している。

おさわを遠ざけたり、一度は別れたりしたけれども、こうして病気になり、もはや回復の見込みがないと知ると、朝に晩に、おさわのことだけが頭をよぎるのである。

自分でも、こんな人間だとは考えたこともなかった。

もっと上っ面だけの、体裁を装った介抱をする男だと思ったが、実際にはそうではなかった。

心からおさわのことを愛しいと思い、昔の暮らしが蘇るのなら、どんなことでもしたいと願うのである。

伊兵衛は思いがけなく、自分という人間の真実を見たような気がして、今更ながら、おさわという女の重さを知った。

階段を下りると、待合部屋に思いがけなく謹之助の顔があった。

「なんだ、どこか悪いのか？」

半ば本気で伊兵衛が聞くと、

「馬鹿を言うな、おぬしを待っていたのだ」

謹之助はそう言って、二人は玄朴に挨拶をして表に出た。

謹之助は、お寺を回った自分の間抜け加減を自嘲《じちよう》してから、

「おぬしならどうする？　ウメという女は一体何処《どこ》にかくれているんだろうな」

と言った。

「何処と言って、消えたわけではないから、何処かに隠れているのだろう」

「それじゃ答えになってない」

「おぬしは、これまでの考えに間違いはないと信じているのだろう。それならそれでやるより仕方がないではないか」

「うむ――やはり、あの五平という男を見張るより手はないか」

「御用聞きを集めて、周りを固めるのだ。おぬしの考えが正しいのなら、五平という男は必ず動く」

「そうだな、うん、そうしよう」

謹之助は伊兵衛に相談したことで、新たな勇気と確信が湧いて来た。

その日のうちに、新吉や辰平らが集められて、謹之助の手札を貰っている御用聞きも加わり、五平の動きを見張った。

夕方、宮大工たちが作業を終え、五平も長屋に帰った。

「動かねえな」

文蔵が焦《じ》れたように言った。

顔見合わせた新吉と辰平は、差配しているのが伊兵衛ではないので、いささか不安のようだった。

「なに、きっと動く」

そう言ったのは、謹之助から手札を貰っている御用聞きだった。

こんな場合は、意地でも自分の旦那の肩を持つのだ。

すっかり暗くなって、五平は長屋を出た。

文蔵らは、俄《にわか》に緊張して五平の後を付け始めた。

五平の足は、仙台堀《せんだいぼり》の海辺橋《うみべばし》を渡り、左手にお寺の並んだ通りを、一ノ鳥居の方へ向かっていた。

「なんだ、女郎屋に行くのかい」

新吉が、意外そうに言った。

五平は一ノ鳥居の手前に出て、広い通りを右へ折れた。

永代寺《えいたいじ》門前山本町《もんぜんやまもとちょう》で、この一帯は俗に『表櫓《おもてやぐら》』『裏櫓《うらやぐら》』と呼ばれており、深川七場所の一つである。

「驚いたぜ、ほんとに女郎を買う気だ」

辰平は怒ったように言ったが、新吉は、

「ウメという女は匿っていねえんですぜ。だから女郎屋に上がるんだ」

と飲み込み顔で言った。

五平は『若松』という茶屋に姿を消した。

この『櫓下』には、女郎が九十人あまりいて、芸者も三十人はいた。

「野郎、馴染みだな」

文蔵がそう言うと、念のために狭い路地を入り、『若松』の裏手を覗いて慌てて後《あと》退《ずさ》った。

そこに立っている二つの黒い影は、片方がいま入ったばかりの五平であった。向かい合っているのは確かに女である。

文蔵はもう一度、ゆっくりと二人の様子を窺《うかが》った。

「もう暫くの辛抱だ。いつまでもこんなところで下働きはさせねえ」

五平が言った。

「あたしはいくらでも辛抱するけど、この先どうなるのかと思うと――」

そう不安がった女は、間違いなくウメであった。

文蔵はそっと引き返し、新吉や辰平らに知らせると、二人を逃がさないように『若松』を囲み、再び房吉と路地を入って行った。

「おい五平」

と文蔵は声を掛けた。

びくんと振り向いた五平とウメの顔は、夜目にも驚いているのが分かった。

「おめえはウメだな。ちょっと大番屋まで来て貰うぜ」

五平とウメは咄嗟に逃げようとしたが、周りはもう取り囲まれていた。

漁舟を調達して、五平とウメの身柄を南茅場町の大番屋に移した。

連絡を受けた謹之助は、手を叩《たた》かんばかりに喜んだ。

時刻は九ツになっていたが、五平を仮牢の中に収容し、ウメだけを取り調べ始めた。

ウメは最初は、黙って俯《うつむ》いていた。小柄で清楚な感じの女だった。

「亭主の丑は殺された夜、いつ頃家に帰っていたのだ」

「知りません」

「おめえさんより先に帰っていたんだな?」

「はい」

「おめえさんはいつ帰った?」

「五ツ半頃です」

ウメはすらすらと答えた。

隣の女房がウメの声を聞いたのも五ツ半だと言っているから、そのときに帰ったのは嘘ではないだろう。

「そのときには、亭主の丑はもう殺されていたのだな？」

「はい」

「何故《なぜ》自身番に届けない？」

ウメは黙った。

「五ツ半までどこに行っていたのだ？」

「松乃屋という旅籠《はたご》で手伝いをしておりました」

松乃屋という旅籠にウメが行っていたことは、もう調べがすんでいた。謹之助は、ウメが何故すぐ自身番へ届けなかったのか、届けなかったばかりでなく、どうして自分も長屋から逃げたのか、それがまだ分かっていなかった。

丑を殺した下手人だからではないか。

隣の女房が音を聞いたのは五ツ頃だから、その音が丑だったとするとウメが帰るより半とき前である。

酔って眠っている亭主を、刃物で刺し、自分も長屋から消えた、というなら話は合うのである。

だがウメは、

「あたしが戻ったときには、もう殺されていたのです」

と頑固に言い張る。

そうすると、半とき前の五ツにどさッと人の倒れる音がしたというのは、丑が殺されたときの音であろうか。

もし殺されて倒れる音だったら、ウメのいう通り、戻ってみたら亭主は殺されていた、ということになる。

そのときに切羽詰まったような声を出したのも、隣の女の言ったことと合致するのである。

「おめえさんが手に掛けてないなら、何故長屋から姿を消したのだ。すぐ自身番に届けるのが当たり前ではないか」

謹之助はその一点を追及した。

ウメは、うなだれたまま黙っている。

「それとも、殺した犯人が誰か分かっているのか？」

「いいえ」

「それなら何故逃げ出したのか、理由が言えないはずはあるまい」

「——あたしが、殺しました」

ウメは、ようやく声を絞り出すようにいった。

「五ツ半に戻って、寝ている亭主を殺して逃げたんだな」

「はい」

ウメは肩を落とした。

仮牢の中で五平を尋問した文蔵は、

「ウメは、死んでいる亭主を見て、怖くなって逃げたと言っていますよ」

と謹之助に小声で言った。

「何故だ？　怖くなったというのは分かるが、逃げるのはおかしいだろう」

「おそらく、普段から夫婦仲が悪かったので、自分がやったと思われるからじゃないですかね」

「要するに、殺したのはウメではないと言いたいんだろう。だがウメはもう自白をしたのだ」

謹之助は、明日入牢証文《じゅろうしょうもん》を取るから、今日はこの大番屋の仮牢に入れとけ、と指示してその夜は取り調べを終えた。

翌日、町奉行所で伊兵衛に会うと、

「ようやく白状したよ。やはりウメが殺して逃げていたのだ」

と謹之助は言った。

「五平という男もそう言ったのか？」

伊兵衛が聞き返すと、

「いや、あの男はウメをかばって、帰ったら死んでいたので、怖くなって逃げたのだと言っている」

伊兵衛は思案に突き当たったように黙っていた。

「おぬしもおかしいと思うか？」

謹之助が不意に言った。

「えッ、なにがおかしいのだ？」

「ウメが殺したということだよ」

「それはもう白状したのだろ」

「でもおぬし、いま腑《ふ》に落ちぬという顔をしたではないか」

「いや、三十過ぎた女が、亭主を殺して男のもとへ逃げて、一体どんな気持ちだっただろうと思ったのだ」

「うむ——わしの心に引っかかっているのは、ウメは自分が殺したと白状はしたが、着物には一滴の血の跡もないのだ」

「返り血がない？」

「そうだ。白っぽい着物を着ているのだが、返り血はそれこそ一滴もない。丑はあんなに腹を抉られているのだから、相当な血を流しているはずなのだ」

伊兵衛はまた黙った。

「どうだ、おぬしもこれから牢屋敷へ行って、ウメと五平を調べてみないか」

「そうだな。小伝馬町へいこう」

二人は最古参の廻り方に言って、小伝馬町の牢屋敷へ向かった。

「玄朴先生のところにいる女は、容体はどうなのだ？」

謹之助が、道すがら尋ねた。

「うむ」と伊兵衛は言いよどみ、

「もう長くはないのだ」

と返事をした。

「そうか、可哀相にな。まだ若いのだろう」

「三十三になるのかな。わしと知り合って四年になるが、もう逝《い》ってしまうのかと思うと、なんだか儚《はかな》くて」

伊兵衛は胸の中の想いを、そんなふうにしか言えなかった。

「人間、いつか死んで、みんなとも別れるんだが、気心の通じた女との別れは、格別なものだろうな」

謹之助はしみじみと言い、それっきり黙った。

小伝馬町の牢屋敷では、伊兵衛がウメを取り調べ、謹之助が五平の方を受け持った。

「昨夜《ゆうべ》は眠れたか?」

伊兵衛はまずウメにそう言った。

ウメはお辞儀をして、口は開かなかった。

「おめえさん、どっちの手で亭主を刺したのだ?」

と尋ねると、ウメは少し慌てたような様子をみせ、

「こっちの手で」

と右手を示した。

「袖口に血が付いているはずだが、全然血の跡がないようだな」

伊兵衛が言うと、ウメはすぐ自分の着物の袖口に眼をやり、そのまま黙り込んでし

まった。

「亭主の丑はどんな男だった？」

「はい、普段はおとなしい、無口で優しい人でした」

「それが、一旦《いったん》酒を飲むと？」

「人が変わったように暴れて——約束していたんです、今度こそ酒をやめるって」

「でもすぐ約束を破るのだろう」

「あの人はきっと病気だったんです。何度も何度も、涙を流して誓うんです。今度こそ酒はきっぱりやめるって」

「それで、おめえさん、向島の木母寺へはどうして行った？」

「はい——五年前に、子供がお腹の中に出来たんです。子供が生まれたら、あの人もきっと酒をやめてくれるだろうと思って——そしたら、子供は三月で流れてしまいました」

伊兵衛は、ウメの切ない祈りのようなものを感じた。

「どうして木母寺へ行ったのか、自分でもはっきり分かりません。ただ、子供を亡くした母親の気持ちが、少しでも分かって貰えたらと、いつ頃からかあそこへ行くようになったのです」

「そして、水神様の修理に来ていた五平と知り合ったのだな」

「はい、帰り道に一緒になって——あたしはつい、家の中のことをあの人に喋ってしまったんです」

伊兵衛は黙ってウメの顔を見つめた。

ウメの表情は、激しく自分を責めているように強張《こわば》っていた。

「何度か会ううちに、五平さんは夫と別れろと言いました——でもあたしは、うちの人の酒を飲んでないときのことを思い出して、どうしても——身が引き裂かれるような気持ちで、夫のもとに止まる気になったんです」

伊兵衛はまだ黙っていた。

ウメは感情が昂《たかぶ》って、涙を浮かべながら言った。

「あたしが悪かったんです。五平さんの心を惑わせ、欺《あざむ》き、それであんなことに——」

ウメはとうとう泣きだした。

「五平が、亭主の丑を殺したのだな」

「いいえ、あたしが殺したのと同じです。誰かに聞いて貰いたい、誰かに分かって貰いたい、そんなあたしの弱さがこんなことになってしまったんです」

伊兵衛はじっとウメの顔を見つめていた。

この女は、長い年月を、酒を飲むと狂う亭主に耐えながら、その苦労を誰かに打ち明けて、縋《すが》りたいと思ったのだ。

五平は純情な男だった。そんな亭主とは別れて俺と一緒になろうと言い出した。

ウメとのあいだには、肉体の交わりもあったのかも知れない。

だが、ウメにはまだ丑に対する未練があった。酒さえ飲まなければ優しい夫なのだ。

しかし、そんな微妙な心理は五平には分かるはずがない。

意を決した五平は、ウメが手伝いの旅籠から帰る前に、ばたんと倒れて眠ってる五平を刺したのだ。

「おめえさんは、五平が殺したところへ戻ったんだな」

ウメは黙って俯いていたが、

「二人で逃げて、それで、五平さんが知っている呼び出し茶屋の、下働きをすることになったんです」

と言った。

伊兵衛は何も言うことはなかった。

ウメは、自分が如何《いか》に苦労しているかということを、誰かに話したかったのだ。

相手が五平のような男だったら、相手にして申し分なかったのだろう。

だが、そこに予期せぬ落とし穴があった。五平がウメとの出合いに夢中になり、凶行に及んでしまったのだ。

人間は誰でも、自分のしている苦労や哀しみを、他人にも知って貰いたいと思う。

そしてそれは、ときとして愛情に変り、悲劇をもたらすことにもなるのだ。

五平を取り調べていた謹之助は、

「五平はいい奴だよ。手を焼かせずになにもかも喋ったよ」

と伊兵衛に言った。

五平は最後まで、ウメが自分に頼り、身も心も、すべてを投げ打って惚れていたのだと信じているのだろう。

伊兵衛は、所詮《しょせん》、人間の心の奥底のことまでは分からない、と思った。

鬼籍のひと

（一）

空は遠く、深い輝きを増して、吹く風も驚くほど涼気を漂わせている。

嵐が去ったばかりの江戸の町は、いっそう空気が澄みきって、あちこちで傷んだ家を修理する槌音がしている。

日下伊兵衛の組屋敷も屋根の瓦が数枚飛ばされ、弥助が朝から修理をしていて、それを萩乃と理恵が見上げながら、仲睦まじそうに何か話し合っている。

理恵のお腹は大きくせり出して、もう出産までふた月も持つまいと思われる。

伊兵衛はそんな二人を眺めながら、髷《まげ》を結ったときの姿勢のままで、ぼんやりと座っていた。

もう役所に向かわなければならない時間なのだが、万事心得顔の文蔵や新吉が居るし、矢田部謹之助の助勢もあって、なかなか腰を上げることが出来ない始末なのである。

「おさわさんのことがあるからでしょう」と、喉元まで出ていても、さすがに萩乃は口に出しては言わない。

伊兵衛も、まさか自分がこんなに無気力になろうとは思いもしなかったが、裏を返せばそれも、おさわに対する誠実さの現れとも言えなくはない。

町奉行所に居ても、町を廻っていても、何かにつけて心をよぎるのは、ただおさわのことだけである。

佐藤玄朴は「余命は二ヵ月か三ヵ月でしょう」と言ったが、その日がもう残り少なくなっている。

人間は誰でも死ぬ。

だが、おさわのように若くして、未練や希望をいっぱい残し、この世にさよならをするのは、伊兵衛が考えても酷《ひど》い、非道な仕打ちであった。

この嘆きを誰に訴えればよいのか、それは伊兵衛には分からぬ。

仏や神を信じる者は、仏や神に縋《すが》ればよいだろう。

だが、死は免れない。

死ぬ苦しみから解放し、救済を与えることは出来ても、死ぬ人を見送る伊兵衛のような人間には、愛する者を失う哀しみは残るのである。

おさわは何か信仰はあるのだろうかと、ときどき伊兵衛は思うことがある。

二人が知り合い、睦み合った五年近い歳月のあいだ、そんな話は一度としてしたことがない。

多分、おさわには信仰らしいものはないだろう。「そんな辛気臭いものはないよ」と言って、それで世間は渡れたのだが、もうすぐ死ぬとなるとそうはいくまい。俄《にわか》信仰で御利益を得るのは難しかろう。やはりおさわはこれまで生きて来た通り、煩悩《ぼんのう》を引きずりながらあの世へ行かねばならぬのだ。

伊兵衛はようやく腰を上げると、組屋敷の門を出て、いつもの通り松平越中守《まつだいらえっちゅうのかみ》の上屋敷の前を過ぎ、弾正橋を渡って、数寄屋橋の南町奉行所に顔を出した。

謹之助はもう出る支度をしていたが、

「遅いな」

と伊兵衛の顔を見て言った。

「ちょっと寄るところがあって――そう年番与力にも挨拶をして来たところだ」

「ほう、もう玄朴先生の診療所に顔を出して来たのか」

「嘘だよ」

謹之助はえッという顔をしたが、

「なんだ、ただのズルか。悪い奴だ」

と苦笑した。

「利三郎殿はどうなった？」

伊兵衛は、謹之助の息子となった利三郎のことを聞いた。

「一応、再来月から出仕することになったよ、見習いとしてな」

「それは重畳《ちょうじょう》。これでおぬしの引退も決まったようなものだ」

「隠居か。冗談を言うな――だがな、庭の隅に小屋を建てることにしたよ」

「どっちが移るんだ？」

「わしらの方が移ることになるだろう」

「うん」

伊兵衛は、それが当然だろうというように頷いた。

「ところで、おさわさんの容体はどうだ？」

謹之助は尋ねたが、伊兵衛はすぐには答えなかった。

おさわの身体は、このところ急速に衰えていて、あちこちの痛みのために夜も眠れぬようであった。

「昨日、重湯を少し飲んだだけだ」

「それはいかんな」

謹之助は、本心から暗い顔をした。


伊兵衛は三・四の大番屋に行くと、待っていた文蔵と新吉の報告を聞いた。

「昨日の夜、五ツ頃でしたかね、汐留橋《しおどめばし》のところに土左衛門が浮いてやしてね、年は六十前後で、いま身元を洗ってるところです」

と文蔵が言った。

「身体に傷は無いのか？」

「ありません。突き落とされたか、自分で身投げをしたのか、あるいは誤って落ちてしまったのか、身なりはそんなに貧しくはなさそうですが」

新吉が答えた。

「よし、それでは身元を洗い出してくれ。どこからも行方知れずの届けは無いのだな？」

「ありません。ひょっとしたら、独り暮らしの老人かと思いますが」

と文蔵は言い、今日は自身番廻りはどうするか尋ねた。

「矢田部殿が廻るそうだ」

伊兵衛はそれだけ言って、三・四の大番屋を出た。

行く先は勿論《もちろん》玄朴の診療所である。

昨日の夜は、おさわがウトウトしているときに、

「先生、葬式や墓のことを決めて置きたいのですが」

と玄朴に言うと、

「そうですね、わたしの知ってるお寺でよかったら、話しておきますが」

と玄朴は言った。

当たり前のようにこんな話をしている自分に、伊兵衛は冷酷なものを感じた。

おさわが聞いていたら、どんな気持ちになるだろう。

玄朴だって、

「そんな話はまだ早い」

とは言わないから、おさわの死は医者の眼にも、もう目前に迫っているのだ。

二階のおさわの部屋に入ると、佐吉が来ていた。

「いま、お風呂を沸かしているんだよ」

と佐吉は言った。

「ほう」

と言って、伊兵衛はおさわの顔を見た。

おさわは微かに笑って、

「なんだか、急に入りたくなって」

と細い声で言った。

日毎に声に力がなくなり、かすれてゆくのが痛々しかった。

「いまお湯加減を見て来る」

佐吉はそう言うと、急いで階段を下りて行った。

「浮かないかしらん」

おさわが言った。

「大丈夫だ、生きている物は沈む」

伊兵衛は気軽に答えたつもりだったが、おさわにしてみれば穏やかではなかったかもしれない。

だがおさわは、その言葉を気にしたふうもなく、

「佐吉さんが流してくれるの」

と言った。

「馬鹿を言え、俺が居るのに、何で佐吉の手を借りる」

伊兵衛はわざと強く言った。

おさわは別に顔色も変えず、

「これも、病気のお蔭だねェ」

と微かに微笑んだ。

伊兵衛は何故《なぜ》か、汐留橋のところに浮いていた男のことを思った。

まだ行方知れずの届けが出てないところをみると、一人暮らしの男であったのかも知れない。

年老いて、頼る者もなく、寂しく死んで行った男のことが、妙に心に引っかかった。

診療所の湯殿は薄暗かった。

伊兵衛は湯の加減をみると、

「少し温《ぬる》めがいいだろう」

と勝手に決めて、おさわが着物を脱ぐのを手伝った。

「恥ずかしいから、止《よ》しなさいよ」

おさわは言ったが、伊兵衛は、

「何が恥ずかしいものか。誰も見てやしねえんだ」

と、構わずおさわを裸にした。

なるべく眼を逸らしているようにしたが、それでもおさわの身体の衰えように、伊兵衛は息をのんだ。

これでは、俺の眼の前で裸になるのに、覚悟が要《い》ったはずだと思った。

色の白さもどこか病的であった。

かつて、ほっそりとしていながら、伊兵衛をこの上なく満足させたむっちりとした身体は、どこにも面影はなかった。

〈こんなになってしまって〉

伊兵衛は思わず涙をこぼしそうになった。

それでも口では何にも言わず、おさわの身体を抱えるようにして湯船に浸した。

「どうだ？」

と尋ねると、おさわは両目を閉じるようにして、

「有り難いね、ほんとに」

と、誰にともなく言った。

伊兵衛はいましがた抱きかかえた身体の軽さに、まだ衝撃を感じていた。

おさわはまだ三十半ばにもなっていないのだ。それなのに身体は、もう枯れ木のように頼りなく、細くなってしまっているのだ。

伊兵衛は自分も下帯姿になった。

「湯疲れをするといけねえ。ちょっと垢《あか》を流して、それからまた入るといい」

そう言って、おさわを湯船から上げると、伏せた小桶に腰を下ろさせ、ゆっくりと背中を擦《こす》った。

伊兵衛が少しでも力を入れると、おさわの身体は壊れそうであった。

伊兵衛はなんにも言えず、黙って手を動かしていた。

「身体を流して貰うなんて、思ってもみなかった」

とおさわは言った。

「ふん、これも病のお蔭だ」

伊兵衛はそんなことを言って、おさわの背中に湯を流した。

おさわは黙っていた。

南町奉行所の同心が、昼間から下帯ひとつになって、女の背中を流していること

に、今の伊兵衛には、そんな外聞や見栄なんか少しもなかった。

ずっと以前、坂本町《さかもとちょう》の女風呂であった常磐津《ときわず》の師匠を、ふっと思い出した。

あの女も新一郎と別れてから、どうしているのか。おそらく誰か適当な男と睦み合

っているのだろうが、人の生き方はそれぞれである。

伊兵衛は、目の前の変り果てたおさわの身体を洗いながら、俺が今日まで他の女に

眼もくれず、無事に町奉行所の役人として過ごせたのは、偏《ひとえ》にこの女のお蔭だと思っ

た。

するとと不意に、伊兵衛の心は訳もなく激しく震えた。

五年近くのあいだ、おさわと自分との中で起こった諸々のことが、一遍《いっぺん》に胸一ぱい

に突き上げてきて、思わず、

「おさわ——」

と口走っていた。

おさわの身体も、急に固まったように動きを止めた。

伊兵衛の異常な感情の昂《たかぶ》りを、細い身体で受け止めているのだ。

だが、伊兵衛は二度とおさわの名を口走ることはなかった。

大事なものを扱うように全身を洗い、湯船に入れ、そして長い髪をとかして丁寧に洗った。

おさわはずっと黙っていた。何か言おうとしても、思いの方が胸に溢《あふ》れて、どうしても口に出すことが出来ないのだ。

新しい浴衣《ゆかた》を着せ、肩を貸しながら階段を上り、布団の上に寝かせると、伊兵衛は一仕事を終えたようにおさわの顔を見た。

おさわは、ただほの白く微笑んで伊兵衛を見返した。

「俺の着物を取って来る」

伊兵衛はそう言って、また湯殿へ引き返して行った。

おさわはその後ろ姿を見やりながら、伊兵衛という男のことを改めて考え直していた。

過去には、なんて我儘《わがまま》な男だろうと、随分苛々《ずいぶんいらいら》させられたこともあったが、今の伊兵衛は、自分が持っている善い所ばかりが出ていた。

それはかつておさわが考えてもみなかったことだった。

わたしがこんな身体になったら、段々と足が遠のき、ついには顔も見せなくなって、それで一切は終わりだと思っていた。

相手が町奉行所の役人であれば、それも当然のことで、所詮《しょせん》は行きずりの、楽しいときだけの仲だと思い込んでいたのだ。

そもそも、二人がこんな逆さまな関係になるなんて、誰が想像しただろう。

ずっと年若いおさわの方が、何を考え、何をするにも、いつも楽天的で、放逸でさえあったのだ。

いつも口癖に、年取ったら二人の仲はお終《しま》いだとか、老後はご新造さんに見て貰え、などと言えたのは、あれはどこのおさわだったのだろう。

人間はどんなに考えても、その場その身になってみないと分からないことがある。

おさわは今、自分が不治の病を得て、過去が如何《いか》に傲慢であったか、いかに放恣《ほうし》であったかを思い知った。

伊兵衛が自分の着物を持って戻って来た。

おさわはその下帯姿をみると、

「これから御神輿《おみこし》を担ぐみたい」

と笑って見せた。
「馬鹿を言うな」
伊兵衛は尻餅をつくように胡座《あぐら》をかくと、窓の障子戸を見やった。
少し開けた向こうに、栄《さかえ》稲荷の濃い緑の梢《こずえ》が見えていた。
「秋だな」
伊兵衛はひと言漏らすと、おさわの方を振り向いた。
おさわは黙って窓の外に眼をやった。
梢で遊んでいる椋鳥《むくどり》が二羽、眼を掠めて消えた。
この景色を眺めるのも、後どのくらいだろうと、おさわはふッと思った。
何気なくそう思ったのだが、すぐに言いようのない哀しみが突き上げて、おさわは
夏掛けの布団をかぶった。
伊兵衛はそんなおさわの変りようを、粛然《しゆくぜん》と見ていた。
おさわは布団をかぶったまま、
「わたしを抱いて」
と言った。
伊兵衛が、身を硬くしていると、おさわは顔を出して、もう一度、

「わたしの身体を抱いて下さい」

と言った。

伊兵衛はその眼を見た。

見返しているおさわの眼は、かつてのように見開かれ、潤んで輝いていた。

伊兵衛は、自分の身をおさわの隣に横たえた。

おさわは、身体のどこにそんな勢いが残っていたかと思えるような動きで、伊兵衛に縋《すが》りついてきた。

「おさわ――」

伊兵衛は、かぼそい身体を両腕に抱きしめた。

そして次の瞬間、

〈もうすぐこの身体が消える〉

と思った。

それは信じることの出来ないことだが、同時に、伊兵衛に突きつけられた現実でもあった。

いま抱いている肉体は、もうすぐ永遠にこの世から去ってしまうのだ。

おさわは、その肉体の確かな記憶を、この俺の腕の中に刻み込もうとしているのかも知れない。

伊兵衛はそう思うと、もうなんにも言わないで、胸の中で震えている肉体を、いつまでも抱きしめていた。

（二）

矢田部利三郎が見習いとして、初めて南町奉行所に出仕した。

「どんな気持ちだ？　親子で出仕するのは」

伊兵衛は謹之助に尋ねた。

「別にどうということはない」

謹之助はそう答えたが、婿とはいえ二人で出仕するのは、嬉しいのか照れくさいのか、どちらか感想はあるはずであった。

「庭の隠居所も、もう大工が入ってるしな、何もかも順調だ」

謹之助は、少しご機嫌斜めの顔で言った。

「でも何か面白くなさそうだな」

伊兵衛はすぐその気配を察した。

「別に――」

謹之助は少し口ごもり、

「ただあれだな、文蔵や新吉たちは、どうもわしのことを好きではないらしい」

「どうして？」

「汐留橋で土左衛門が上がっただろう。その件についてわしには何にも言わないのだ」

伊兵衛は、なるほどと思った。文蔵も新吉も、謹之助を別に嫌ってはいないが、どうも伊兵衛に仕えるようなわけにはいかないらしい。

「それはおぬしの僻《ひが》みだよ。二人には遠慮があるんだ」

伊兵衛はそう言いながら、心の中で、文蔵と新吉にはもっと協力するように言っておこう、と考えた。

三・四の大番屋に行くと、新吉だけが待っていた。

「文蔵はどうした？」

伊兵衛が尋ねると、

「尾張町《おわりちよう》の質屋から呼び出されて、さっき出かけました」

「尾張町――増田屋《ますだや》か？」

伊兵衛は、何で増田屋が文蔵を呼び出す用があったのか、解しかねた。

「例の、汐留橋の下に浮いていた男は、その後なにか分かったのか？」

「へい、昨夜《ゆうべ》分かりやした。浅草の元鳥越町《もととりごえまち》の長屋に住んでる、弥治郎《やじろう》という大工です」

「浅草の大工？——汐留橋とはえらく方向違いではないか」

「それでなかなか分からなかったんですよ。もう十年も前に嬶《かかあ》を亡くして、一人暮らし、年は七十二ということでした」

「それで、どうして汐留橋で死んでいたのだ？」

「分かりやせん。仕事も最近は全然やっていないし、一人でぶらぶらしていたというんです」

「まあ、汐留橋の下に浮いていたのだから、何れ《いず》木挽町か三拾間堀《さんじっけんぼり》沿いに用があったのだろう。問題は自殺したのか、誰かに殺されたのかだ」

「へえ、死体の様子じゃ首を絞められた跡もねえし、全く分からねえんで」

「よし、もう一踏ん張りしてくれ。それから文蔵に、俺が会いたがってると言ってくれねえか」

「へい」

「へい、分かりやした」

伊兵衛は、小者の弥助を連れて三・四の大番屋を出ると、そのまま玄朴の診療所に向かった。

医者の玄朴に会うと、

「いま寝入ったところですよ」

と声をひそめるように言った。

「朝からあまり痛むので、わたしの独断で、痛み止めと眠れる薬を与えたのです」

「有り難いことですね。そのような効く薬があることは」

「それが、医者としてはどうも――生命《いのち》に関わるし、なるべくなら飲ませたくないんですがね」

「はあ」

伊兵衛はどう返事していいか分からなかった。

おさわを楽にしてやりたいとは思うが、一日でも長く生きさせるためには、強い薬は有毒でもあるのだ。

伊兵衛は静かに二階に上がった。

おさわは、まるで死んだように仰臥《ぎょうが》していた。

さっきまで苦しんでいたのが、表情に残っていた。

梳《と》かしたままの髪は、少し顔にへばりついていて、伊兵衛はそれをかき上げてやった。

頬《ほお》がこけて、尖って見える鼻は、それでも品がよく、紅を忘れた唇は少し開いていた。

伊兵衛はまた思った。

〈もうすぐこの肉体は消える〉と。

すると伊兵衛の中に、耐えがたい哀惜の念が湧いてきて、おさわの手を思わず握りしめていた。

おさわはこれまでなんにも言わない。

心の中の孤独や、死んでゆく哀しみ、この世に残す未練、そのどれ一つとして、おさわは口に出さない。

さぞ悔しかろう、と伊兵衛は思う。

泣いて、喚《わめ》いて、心の有りったけを吐き出したいはずだ。

でもそうしないのは、やはりおさわの気質なのだろうか。

どんなに喚いても、泣き叫んでも、それで病が癒《い》え、状況が変わるわけでは少しもないことを、おさわは弁《わきま》えているのだ。

伊兵衛は、おさわとのあいだにあったことは全部覚えていようと思う。

死にゆく者にとって、もっとも耐えがたく哀しいのは、自分が生きていたことを、誰にも顧《かえり》みられないということである。

人は死ぬと、命日を設け、その人のことを懐かしみ、諸々の行事を行う。

伊兵衛は、誰も知らない、自分とおさわのあいだであったことを、何もかも、一切合切覚えていようと思う。

〈俺は忘れない〉

そう誓うことは、同時に、生きている者にとっても、大きな癒しなのだ。

後ろで足音がした。

振り向くと、小さな佐吉が立っていた。

伊兵衛はその姿を見た瞬間、口では言い表せない親しみを感じた。

佐吉もまた、自分と同じに、おさわのことを案じている人間に思えたのだ。

「佐吉、おさわ小母《おば》さんはな、もうすぐ死ぬのだよ」

伊兵衛は、素直な気持ちでそう言った。

佐吉は黙って突っ立っていた。

「とてもいい人だったな」

伊兵衛がまた言うと、佐吉は小さく頷き、その口許は涙を堪《こら》えて歪んでいた。


その日の夕刻、伊兵衛は三・四の大番屋で文蔵と会った。

「おめえ、増田屋に呼ばれて行ったそうじゃねえか」

伊兵衛が言うと、

「へい。あっしも何だろうと思って行ったんですがね、内輪で相談したいことがある、というんですよ」

文蔵は答えた。

人々に信用のある御用聞きは、このように外聞を憚《はばか》ることがあると、ひそかに呼ばれて相談をされるのである。

「聞いてびっくりしたんですがね、蔵の中からいつの間にか千両が盗まれていたというんです」

「ほう」

伊兵衛は、それだけしか言わず、文蔵の顔を見た。

千両といえば、大きな質屋の増田屋でも大金である。すぐ町奉行所に届けずに、町の親分の文蔵に相談をするとはどういうことか。

「蔵には何にも異常がないそうです。それでいて、突然に金だけが消えた。増田屋の旦那は、もしかしたら身内が盗んだのかと考えたそうです」

「それでおめえを呼んだわけか」

「心配はそれだけじゃねえんで。その千両の金は、あの近江《おうみ》屋から預かっている金なんだそうです」

「近江屋――あの木綿問屋が、増田屋に千両預けたというのか」

「へい。おそらく利殖のためでしょう。だからうっかり盗まれたとは言えねえんで」

伊兵衛はそれで合点がいった。

蔵を破られた形跡がなく、中の物が盗まれていれば、誰だって内部の仕業と考えるだろう。

それに、よそのお店から預かっている金なら、出来るだけ内輪で解決しようと思うのは無理もない。

「で、おめえはどうした？」

「あっしではどうにもなりませんので、旦那に報告して、それから返事をすると――

増田屋も、なるべく外に漏れないように始末をつけてくれということで、へい」

「えらいことを引き受けて来たな」

「嫌ですよ旦那、あっしはただ相談を聞いてやっただけなんですから」

伊兵衛は文蔵をからかってから、どうしたものかと考えた。

身内に疑いをかけるからには、それなりの人物がいるはずだが、増田屋の主人はそれが思い当たらないというのだ。

自分の年がまだ三十九歳で、妻と子供が三人。一番上が十二歳で女の子。二番目と三番目が男で、九歳と六歳。どう考えたって千両盗むにしては幼過ぎる。

番頭は二人いて、手代が四人と女中が三人いた。質屋にしては大所帯だが、それだけ主人がやり手なのだろう。

だから、それを見込んで近江屋も金を預けたのだ。

「仕方がねえ。二、三日、内輪の者を洗ってみるんだな。それで片がつかなければ、悪いが公にして当たるしかねえだろう」

「へえ、ではそうします——あ、それから道を隔てた、南鍋町《みなみなべちょう》二丁目に隠居所があるんですが、ご隠居は去年亡くなって、いまは奉公人が一人いるそうです」

「南鍋町なんて、増田屋にしては気がきかねえな、大川端かなんか、もっと粋なとこ

うことで」

「それが、ご隠居はとても商売熱心な方で、傍で見張ってないと気が休まらねえとい
ろがありそうなものじゃねえか」

「ふん、よく金をあの世へ持って行かなかったな」

伊兵衛はそんな皮肉を言って、文蔵と別れた。


組屋敷に帰り、伊兵衛が遅い夕餉《ゆうげ》の膳に向かっていると、萩乃が話し掛けてきた。

「何も仰《おつしや》らないけど、おさわさんの方はどうなのですか？」

伊兵衛はちょっと箸を止め、「うん」と言ったが、それ以上は話さなかった。

「女手が必要だったら、いつでもわたしが行きますよ」

「その必要はない」

伊兵衛は冷たく、静かな口調で言った。

そのとき、玄関の戸があいて、

「失礼します」

と声がし、新一郎と理恵が入って来た。

二人が現れたのは、伊兵衛にとってはまさに時の氏神であった。

「あ、お食事中でしたか」

「いや、いますましたところだ」

伊兵衛は機嫌よく言って、理恵にも挨拶をした。

理恵は、立ち居振る舞いに肩で息をするふうであった。

「父上はもうお聞き及びと思いますが、わたしの昇進のことですよ」

「いや、聞いてないぞ」

伊兵衛は惚《とぼ》けた。

「あ、そうでしたか」

新一郎はがっかりした顔で、理恵と眼を見合せた。

本当は、今度組織のちょっとした模様替えがあって、新一郎ら二人が本勤《ほんづとめ》になることになっていた。

伊兵衛はそれを仄聞《そくぶん》していたが、確かな決定が出るまで萩乃にも黙っていたのである。

「わたしもやっと本勤になりましたよ。来月から本勤並《なみ》ではなくなるんです」

「それはおめでとう」

萩乃がまずそう言った。

「それで、定廻《じょうまわ》りを命ぜられるのか？」

「そうです」

新一郎は誇らしげに言った。

伊兵衛は少しばかり動揺していた。

新一郎が本勤の定廻りの同心になれば、俺は身を退くことになるだろうと、常々言ってきたからである。

今日までそのことが胸に引っかかって、萩乃にもつい黙っていたのである。

しかし、時が経てば人も流れる。世の中も流れる。若い者は出世をし、年寄りは隅に追いやられ、やがては消えて行く。

「それはお祝いをせねばならぬな」

伊兵衛は自分の悲哀を胸に、言葉だけは気前よく言った。

「理恵さんは、その頃はまだ大丈夫なのでしょう？」

萩乃が言うと、理恵は笑って、

「まだひと月は生まれませんよ」

と言った。

「大勢呼びましょう。仙三郎さんや初たちにも暫《しば》く会ってないし、矢田部家やお隣の池田家、それに新一郎のお友達もお招きするでしょう」

「賑やかになりますわね」

理恵が楽しそうに言った。

そうした楽しい集いは同時に、家族が成長して、誰かが老いて行くことを意味しているのだ。

新一郎たちが帰ると、家の中は火が消えたように静かになった。

〈また矢田部殿と隠居の話でもするか〉

伊兵衛がそう思い、座を立とうとしたときに、不意に萩乃が言った。

「あなた、玄朴先生はどうなさいますか？」

伊兵衛は動きを止めた。

玄朴は勿論、日下家の客としては欠かせぬ人物であるが、萩乃が聞いたのにはおさわのことがあった。

伊兵衛の頭の中で、おさわの死のことが大きく膨らんだ。

新一郎の昇進祝いのときに、おさわの死が重なったらどうするのか。

伊兵衛はすぐに、そのときはそのときのことだ、と考えた。

「勿論、先生もお呼びする」

伊兵衛は答えて、居間を出ようとし、

「おさわは、あと半月がやまだろう」

と言った。

萩乃は黙って伊兵衛を見送ったが、心の中ではやはり、まだ若いおさわという女は、一体どんな気持ちで死んで行くのだろうと思った。

伊兵衛が浮気をした相手だという憎しみはまだ残っていたが、もうすぐ死ぬと分かってからは、それも薄らいでいた。

おさわという女は、伊兵衛が妻子持ちだということを承知でわりない仲になったのである。

勿論、自分が自由の身であれば、好きな男と情を交わすのは当然であるが、そのとき、相手に妻子があるということは、一体どんなふうに乗り越えられるのか。

一生添いとげることは、あまり考えていないだろう。例えば伊兵衛の場合、その言動をよく観察すれば、妻子を捨てて自分と一緒になるかどうかは、女ならすぐに分かることである。

もし相手の男が、ほんの行きずりの、肉体の歓びだけを求めている人間だったら、女のほうだってそれ相応の気構えで付き合うはずである。

伊兵衛とおさわの場合は、そうした関係とは違うような気がする。

伊兵衛がここまで真剣だとは、萩乃には意外であった。

伊兵衛とおさわは、普通の男と女の関係よりももっと深い、心の中まで許しあった仲だったと言えた。

そう考えたとき、萩乃は今更のように、おさわという女に対して畏敬の念を抱くと同時に、深い嫉妬の情を覚えた。

文蔵と新吉の、増田屋での聞き込みははかばかしくなかった。

番頭は二人いたが、いずれも忠実そのもので、とても千両を盗むような男ではない。

第一、蔵の錠前の鍵は、主の喜兵衛《きへえ》一人が持っていて、亡くなった先代の遺言通り、絶対自分以外の人間には触らせてはいない。

妻の藤《ふじ》は出自がよく、蔵から千両を持ち出すようなおんなではなく、女と男二人の子供はまだ幼かった。

手代や女中も、疑いをかけるにはあまりにも実直であった。

「通りの向こうの隠居所に、もう一人奉公人が居ましたね」

新吉が聞いた。

「あ、梅吉《うめきち》ですか。あれは先日暇を出しました」

主の喜兵衛は答えた。

もともと隠居の世話をしていたのだが、去年隠居が亡くなって、店の方の手伝いなどしていた。

年はもう六十近く、名前は梅吉といった。

「いま何処《どこ》に住んでいるので？」

文蔵が尋ねると、

「たしか、深川の伊勢崎町《いせざきちょう》だと思いますが、なんでも弟が近くで、小さな古道具屋を営んでいるとかで」

主の喜兵衛が答えた。

これで、増田屋の者は全部当たったことになるのだが、誰一人として千両の盗みには無縁のように思われた。

夕刻、三・四の大番屋で伊兵衛と顔を合わせると、文蔵と新吉は素直にそう言った。

「内輪に犯人を探すということは、これ以上出来そうもないのだな」

伊兵衛もそれを聞くと、納得した顔で言った。

増田屋の中だけでは解決が出来ないとなると、公にして調べるより手はないのだ。近江屋に対する面子もあることだろうが、肝心の千両が見つからないことには、増田屋の信用どころではないのだ。

「一つだけ引っかかることがあるのだがな」

伊兵衛は言った。

死んだ弥治郎という老人は、住まいは浅草の元鳥越町であるが、なんで汐留橋の下に浮いていたのか、ということである。

おそらく三拾間堀か、新橋川《しんばしがわ》を流れて来たということになる。

もし三拾間堀を流れて来たとすると、その上流には木挽橋、新シ橋、紀伊国橋《きのくにばし》があって、新シ橋と木挽橋のあいだを左の方に行けば、尾張町と南鍋町がある。

浅草の元鳥越町に住んでる人間が、どうして三拾間堀で死んでいたのか、なにか事件に巻き込まれたのだと考えると、増田屋の千両と結びつく可能性がありはしないか。

伊兵衛の言いたいことはそれであった。

「それじゃ旦那、弥治郎という大工をしてた老人は、増田屋の千両と関わって殺されたと仰るんですかい？」

文蔵が尋ねた。

「殺されたかどうかは分からねえがな、増田屋の千両と結びつけると、三拾間堀で死んでいた理屈が通る」

文蔵と新吉は、俄には合点し難い顔をして伊兵衛を見返した。

それも道理で、増田屋の蔵に弥治郎という老人が押し入ったというのは、どうも考えにくいからである。

「おめえらが合点しないのも道理だがな、どうだい、増田屋に聞いてみては、弥治郎という人間に心当たりがあるかどうか」

「そうですね、増田屋が知っているとなれば話は別ですよ」

新吉は、あまり乗り気でない顔をして言った。

翌日、矢田部謹之助と顔を合わせると、伊兵衛は新一郎の昇進の話をした。

「そうか、新一郎殿もいよいよ一丁前の定廻りになったか」

謹之助は感慨深そうな顔をした。

「言いたいことはそれだけか？」

「いや、勿論お祝いをせねばならんな、祝儀も充分に弾むよ」

「鈍い御仁だな、あれが一人前になると、このわしはどうなる？」

「えッ、どうなるって——ああ、隠居暮らしがすぐだってことか。ふん、なるほど、喜んでばかりはいられないわけだな」

「お互いに、釣りでもするか」

「馬鹿を言え、わしのところは見習いになったばかりだ。引退はまだ早い早い」

「ふんッ、友達甲斐のない奴だ」

伊兵衛はそんなふうに言うと、月末にはお祝いをやりたいので、芳江夫婦も一緒に出席してくれ、と言って町奉行所を出た。

弥助を屋敷に帰し、文蔵と新吉を連れて尾張町の増田屋へ行った。

主人の喜兵衛は丁重に迎えると、

「やっぱり公になさるのでございますか？」

と伊兵衛を見返した。

「これ以上内輪にしていては、金はいつまでも出てこないし、預けた近江屋にも申し開きが立たぬだろう」

伊兵衛はそう言い、昔大工をしていた弥治郎という男を知っているか、と尋ねた。

「弥治郎？　――いや、わたしは全然覚えはありませんが」

と喜兵衛は答えた。

「では、先代はどうかな？」

伊兵衛がなおも尋ねると、

「亡くなった父はどうですかね。晩年はすっかり耄碌《もうろく》してまして、西も東も分からなくなっていましたから」

と喜兵衛は言った。

年を取って、親子でも会話は殆《ほとん》どなかったというのだ。

「先代の世話をしていたという梅吉という男は、いつ頃から奉公していたのだ？」

「父が隠居してからだから、かれこれ十年くらいになりましょうか」

「どんな男だ？」

「いや、それはもう正直な男でございますよ。人間は充分に吟味して父が雇ったんですから」

伊兵衛はもう尋ねることがなかった。

主人夫婦、三人の子供、番頭手代、女中、隠居所の奉公人、すべてを当たって誰も怪しい者が居ないのである。

そもそも、近江屋から千両の金を預かったことも、二人の番頭以外は知らなかったというのだ。

「どうも、厄介な仕事になりそうだな」

伊兵衛は、増田屋を出たあとで、そんな愚痴をこぼした。珍しいことである。

「死んだ弥治郎のことを、もう少し調べてみやしょう。浅草に住んでる人間が、三拾間堀に浮いてるってなァどう考えても変ですから」

文蔵が、気を回してそう言った。

「それに、先代の世話をしていたという梅吉という男ですよ。暇を出されたのは千両が消えた後でしょう」

新吉も横から口を出した。

「まあ、当たるだけ当たってくれ。あんまり関わりがあるとは思えねえがな」

伊兵衛はそう言って、文蔵らと別れた。

〈ふん、御用聞きに慰められていては世話はねえ〉

腹の中ではそう思ったが、悪い気持ちではなかった。

おさわの容体が悪くなって以来、すべてのことに悲観的になっていた。

文蔵や新吉も、旦那は近頃弱気になっている、と思っているだろう。

彼らもおさわのことは仄聞《そくぶん》していて、伊兵衛になにかと気を使っているのだ。

伊兵衛は、おさわが居なくなることを思うと、歩いている足にも力が入らなかった。

（三）

玄朴の診療所に入ると、今日も病を得た人々が訪れていた。

大方は老人だが、中には若い人もいて、生まれつき病弱な身体と見受けられた。

伊兵衛は、玄朴の診療所に来る度《たび》に、つくづく健康で居ることに感謝をする。

どんなに金があっても、いくら学問があり志があっても、病気の身体では如何ともしがたい。

さぞ無念であろうと思う。

ましておさわのことを考えると、やり場のない憤《いきどお》りを覚える。

一体何の罪であんな病気に取りつかれたのか、とも思うが、もとより誰を恨むということも出来ない。

神や仏は、ひたすら崇《あが》め、感謝し、救済を求めるものであって、恨み憎むものではないだろう。

その神や仏でさえ、いまのおさわにとっては、無縁の存在に思える。

伊兵衛は、おさわのことは所詮《しょせん》、そういう運命だったと思うことにしている。

生まれたときから、そういう運命を持った人間だったのだ。

おさわはそれと知らず、今日まで生き、恋をし、さまざまな欲望を糧にして生きて来たのだ。

〈それが人間なのだ〉

と誰かが言っているような気がする。

伊兵衛は、すっかり気落ちした心境になって、おさわの部屋に入った。

おさわは眼を閉じていた。

かつて新内を謡い、酒を飲み、粋で伝法な口を利き、伊兵衛を楽しませたり困らせたりしたのが、もう随分《ずいぶん》昔のように、病み衰えている。

伊兵衛は深いため息をつくと、枕元に坐った。

おさわの瞼《まぶた》が開いた。

伊兵衛がその顔を覗き込むように前屈《まえかが》みになると、おさわはぼんやり見返している。

「どうだ？」

伊兵衛が声をかけると、口許が笑いかけたまま止まった。そして、

「おトキは、まだ来ないね」

とかすれた声で言った。

上総の妹のことを夢見ていたのだろうか。

「おトキさんなら、もうすぐ来るよ」

伊兵衛はそう言った。

そして胸のうちで、あした妹に手紙を出そうと思った。

「おかしいね、あんなに喧嘩して飛び出したのに、父や母の夢ばかり見るの」

「それは、親子だからな」

伊兵衛が言うと、おさわはじっと見つめ返して、

「それはね、わたしがもうすぐ死ぬからよ」

と言った。

伊兵衛は、咄嗟《とっさ》になんと返事していいか分からず、黙っていた。

「ありがとう」

ぽつりとおさわが言った。

「わたし、知り合った頃のこと思い出した。この人なら、ずっと離れないで、このまま暮らしていいと思った」

伊兵衛は何にも言わずに、その顔を見つめていた。

「人間は気儘《きまま》な生き物だねえ、そのうち、いつ別れようかと思ったり、他の仕合わせを見つけようとしたり——心の中で、いろいろと迷って」

おさわの顔が、食い入るように伊兵衛をみている。

「お互いさまだよ」

伊兵衛は少しふざけて言った。

「でも、あなたは、わたしが思っていたよりずっと——」

おさわは言葉に詰まった。

「まだ死にはしない」

伊兵衛は自然にそう言っていた。

「知り合った頃の気持ちに戻れて、こんな嬉しいことはない——これもみんな、あなたのお蔭さ」

「そんなことはねえよ」

伊兵衛の胸の中には、言いたいことが山ほどあるのだが、言葉がつかえて、何にも言えないのだ。

「ただ、わたしはずっと、ご新造さまには、申し訳がないと、そう思っていた」

「みんな俺が悪いのだ」

伊兵衛は、真実そう思っている。

おさわが、七重の膝《ひざ》を八重に折っても、ご新造さまにお詫びがしたい、と言っても、決して、萩乃に会わせようとは思わなかった。

すべては自分にある。女同士には何の咎《とが》もなく、悪いのは自分だと考えていた。


文蔵と房吉は深川の伊勢崎町にやって来ていた。

増田屋の隠居所に奉公していた梅吉を、訪ねて来たのである。

もう夕刻で、長屋には生々しい活気があって、魚などを焼く匂いが漂っている。

梅吉は長屋には居なかった。

隣の女房が擂粉木《すりこぎ》を持ったまま、

「梅さんは居ないよ」

と教えてくれた。

「どこへ行ったか分からねえかい？」

「さあ、あの人は落ち着きのない性格でねえ——今日はどこへ行ったんだろう?」

「仕事はしてないはずだが」

「ああ、引っ越した次の日から家には居ないよ。楽隠居というか、この長屋にはあんな年寄りは居ないね」

「まだ六十前だぜ。酒でも飲んで回っているのかな」

「大方そんなとこだろうよ」

女房は急に顔を近づけ、小声で、

「そう言えば昨夜《ゆうべ》遅く、女を連れて帰って来たようだよ」

と言った。

「女——どこの女だい?」

「知らないけどさ。どうせその辺の阿婆擦《あばず》れだよ」

文蔵は小首を傾げた。梅吉が増田屋をやめる際に貰った金は、そんなに多くはなかったはずである。

「そんなに気前よく遊ぶ金なんか、あの男にはねえはずだがな」

「なんだか知らないけど、あの調子じゃ随分貯めてるって、うちの宿六が言っていたよ」

文蔵は、それ以上女房と話していても仕方がないので、伊勢崎町の木戸を出た。

周りを探そうと思ったが、仙台堀の向こうは名にし負う深川の色街である。

永代寺と深川の八幡宮の周りは、江戸でも一、二を争う岡場所で、京都の蓮華王院《れんげおういん》のそれを模した三十三間堂もあり、一帯は大勢の私娼や芸者、その他遊芸の女たちが犇《ひしめ》いていた。

もし梅吉がそんなところに足を踏み入れていたら、一晩探したって見つけ出すことは難しい。

文蔵らは、三・四の大番屋に戻ったが、汐留橋で死んでいた弥治郎の足どりを洗っていた新吉らは、まだ戻っていなかった。

「新吉の野郎も苦労してるぜ」

文蔵は、岡持の蕎麦を食べながら言った。

浅草の元鳥越町に住んでた大工の弥治郎という男が、どういう目的で三拾間堀の方へ来ていたのか、いまだに謎のままである。

年は七十二歳だというから、もう大工仕事はしていないだろう。現実に、弥治郎が働く普請場はどこにもなかった。

そうすれば、弥治郎がやって来た目的は一体何だったのか。

伊兵衛の旦那は、尾張町の増田屋の事件と関わりがあるのではないか、と言ったが、文蔵が思うにはどうも無理があるようだ。

尾張町と三拾間堀は相当離れているし、増田屋の主人も、弥治郎という男は全く知らないという。

「妙な話だぜ」

文蔵が呟いたとき、新吉と嘉助が重い足を引きずって帰って来た。

「ご苦労。どうだった？」

文蔵が言うと、新吉は、

「どうもこうもねえや。足を棒にしてよ、木挽町を一丁目から七丁目まで歩いて、三拾間堀をまた一丁目から八丁目まで、自身番から木戸番、隈なく尋ねたが、弥治郎という爺《じい》さんはかけらもねえ」

新吉はそうぼやきながら、崩れるように座り込んだ。

「増田屋は何にも関係ねえ、ただの身投げじゃねえか？」

文蔵がいうと、

「そりゃそうでも、なんで三拾間堀なんかに身を投げたんだい、そいつが分からねえ」

新吉は吐き捨てるように言った。

浅草に住んでいる人間が、わざわざ京橋《きょうばし》や銀座《ぎんざ》の方へ来て死ぬというのは、どうにも理屈が合わなかった。

「どうだいそっちは？」

新吉が尋ねた。

「うん、留守で会えなかったんだがな、梅吉という爺さん、引っ越してから酒を飲んでばかりだそうだ」

「だって増田屋では、真面目でよく働く男だと言っていたじゃねえか」

「俺が妙だと思うのは金だよ。どこにそんな遊び回る金があるんだ」

「大方、爪に火を点《とも》すように貯めていたのかも知れねえ」

新吉は深く考えないで言った。

「冗談じゃねえよ、そんなにして貯めた金を湯水のように使う人間がいるかい。六十近い独り身の男だぜ、もっと大事に使うだろう」

文蔵は、少し怒ったように言った。

「まあな、そうかも知れねえ」

新吉は言って、一つため息をついた。

文蔵は急に思いついたように、

「弥治郎と梅吉は、ひょっとして顔見知りじゃなかったのかな」

と言った。

新吉はエッという顔をしたが、すぐ頼りない表情をして答えた。

「それはどうかな——いや、待てよ、そうするとどうなるんだい、梅吉が弥治郎を殺して金を奪ったのか？」

「まあな、それも考えられるし、増田屋の一件と結びつけてもいい」

文蔵は、自分の考えを言ったが、それは文蔵自身にもあやふやなものだった。

「それはちと深読みだよ。梅吉と弥治郎でどうして千両を盗むんだい」

新吉はすぐに否定をし、文蔵もそれ以上押す気はなかった。

翌日、文蔵と房吉は早くから深川へ出かけて、梅吉の長屋を訪れることにした。

「また、女を銜《くわ》えこんでいるかも知れやせんぜ」

房吉は本気でそう言ったが、

「それならそれで都合がいいじゃねえか」

文蔵はそう答え、もし女が来ていたら、梅吉がどんなところで遊んでいるかはっきりするのである。

だが、梅吉の住んでる長屋に行くと、また留守だった。

「梅さんは風呂に行ったよ」

と昨日の女房が、隣の腰高障子を開けて言った。

「そうかい、いい身分だな」

女房は、梅吉がなにをしたのか尋ねたそうだったが、文蔵は無視して、路地木戸の方へ引き返した。

梅吉が帰って来るのを待つしかないのである。

三・四の大番屋に寄った伊兵衛は、そこで新吉らと出合い、

「念のためにもう一度浅草へ行って、弥治郎の動きを探っちゃどうだい」

と言った。

「元鳥越町へですか」

新吉は気のない顔をした。

「周りの誰かが、三拾間堀町の方へ行く理由を知ってるかも知れねえぜ」

「そうですね」

新吉はあんまり気が進まないようだったが、伊兵衛の指示なので浅草の方へ行くこ

とにした。

　伊兵衛は弥助を連れて玄朴の診療所を訪ねた。

「おさわさんは眠っていますよ」

　と玄朴は答えた。

「それはいいことなのでしょうか。それとも悪い――」

「後の方です」

　玄朴ははっきり言った。

　伊兵衛は咄嗟に言葉の接ぎ穂を失った。

「おさわさんの痛みは全身に回っているんです。それを抑えるために、薬で眠るというより意識を失っているのですよ」

　玄朴はそう説明をした。

「それでは、もう意識を取り戻すことはないと」

「いや、多少の意識の混濁はありますが、薬をやめれば大丈夫です」

「痛むのでしょう?」

「それはまあ――でも、仕方がないことですよ」

　玄朴は感情を殺して言った。

今更、生命を少し長らえるために、痛みに苦しんでどうなるというのか。

いくら痛みを堪《こら》えたとしても、おさわの生命はもう消えかかっているのだ。

どうせもうすぐ消える生命なら、せめて痛みから解放してやるのが人情というものだろう。

玄朴はそう言っているのだ。

伊兵衛は玄朴の診療所を出ると、ふわッと身体が浮くような感じがした。

〈おさわ、おめえはもう死ぬのか〉

そう思うと、歩いている足から力が抜け、自分の足のようではなかった。

「弥助」

「へい」

「もうすぐおさわの弔《とむら》いをせねばならん」

「へえ。残念なことでございます」

「おめえにも、いろいろと世話をかけるが、宜《よろ》しくたのむ」

「へい、そりゃもう、なんでも申しつけて下さい」

弥助はお辞儀しながら言った。

伊兵衛が伊勢崎町にやって来ると、梅吉の長屋に文蔵らは居なくて、隣の女房が、

「さっき出かけましたよ。あんまり梅さんが帰って来ないので、居酒屋かどこかに引っかかっているんだろうと」

「そんなところがあるのか？」

「ありますよ、風呂屋のじき隣に」

女房は、御用聞きばかりか、今度は町奉行所の役人が来たので、いよいよ梅吉はただならぬことを仕出かしたのだと思い、それを弥助に尋ねようとしたが、

「おや、鍋が焦げてるぜ」

と話を逸らされてしまった。

風呂屋の隣の居酒屋では、昼間から立ち飲みをしている男が二、三人いたが、文蔵らの姿はなかった。

弥助が主に尋ねると、梅吉を連れて近くの飯屋へ行ったという。

時刻はもう正午を回っていた。

伊兵衛が飯屋の暖簾《のれん》をくぐると、文蔵と房吉、それに梅吉が空の丼を前に茶を飲んでいた。

「あッ旦那！」

文蔵は、いきなり伊兵衛が現れたので、びっくりして立ち上がった。

「どうだ、なにか聞けたかい？」

「へい——」

文蔵は何から話そうか迷っていたが、梅吉は町方役人が来たことで茫然としていた。

「いま、いろいろと話していたとこなんですが——」

「そうかい。いいから続けてくれ」

伊兵衛は言いながら、横の小あがりに腰を下ろした。

文蔵はさすがに話しにくそうだったが、それでも梅吉と向き合うと、

「いや、それでだな、大旦那にはどのくらい小遣いを貰ったんだい？」

「あっしですか、そりゃ決まっては頂かなかったけど、長年貯めてりゃ、かなりの金にはなりますよ」

「だから、いくらだ？」

「十——十五両くらいですかね」

「それを毎月の手当てと合わせて、暇を貰うまでいくら貯めた？」

「それはもう——親分、あっしがいくら貯めようと、何にその金を使おうと、それは

あっしの勝手じゃねえんですかい」

「勿論そうだとも。でもな、そんなに大事に大事に貯めた金を、酒と女に湯水のように使うなんて、あんまり勿体《もったい》ねえじゃねえか。ええ、使っても構わねえわけがあるんじゃねえのかい」

「なんです、その使っても構わないわけってのは？」

「金は他にいくらでも有るってわけさ」

「冗談じゃありませんよ、どこにそんな金があるんです」

「それじゃおめえさん、もう大方使ってしまったんだろう。これからどうやって暮らして行くんだい？」

「そりゃどうにかなりますよ。すぐ傍《そば》に弟もいることだし」

文蔵はちらりと伊兵衛の方を見た。

これではいくら話しても、切りがありませんという顔だった。

「とにかく、千両の金のことは、あっしにはまるっきり関係のねえことですから」

梅吉はそう言い、伊兵衛の方をちらっと窺《うかが》った。

「おめえさん、弥治郎という男を知っているだろう」

伊兵衛がはじめて尋ねた。

梅吉は一瞬、表情が止まったような顔をして、

「弥治郎、ですかい。いいえ、そんな名前の男は知りません」

と答えて、わざと涼しい顔をした。

(四)

梅吉が「知らない」と言った弥治郎は、元鳥越町の長屋でつましい暮らしをしていた。

数年前まで現役で大工をしていたが、女房を亡くし、それからは一人で暮らしをしていたが、ただ一人頼りにしていた友達の大工も亡くなると、めっきり老けこんでしまったという。

「とにかく、正直な人でしたよ」

と長屋の女はいった。

「おめえさん、よく知ってるのか？」

新吉が尋ねると、

「ええ、よく知ってますよ。亡くなったおかみさんとは仲良くしてましたから——煮

炊きしたものをよく届けたんです」

「その弥治郎が、どうして三拾間堀の方まで行ったんだろうな」

「さあ、それはあたしどもには分かりませんけども、あれは幾日前でしたかね、珍しく客がありましたよ」

「客が来てた？——どんな客だい」

「年の頃は、そうですね、弥治郎さんより少し若い人ですよ。わたしはお茶を出してあげて——なんでも、梅吉さんとか呼んでましたよ、名前は」

「梅吉！」

新吉は思わず大きな声を出した。

「たしかに梅吉と言ったんだな」

「ええ、忘れはしませんよ」

「それで、どんなことを話してた？」

「それは分かりませんよ。わたしはただお茶を出して上げただけですから——もしかしたら、その梅吉という人が弥治郎さんを殺したんですか？」

「いや、そういうわけじゃねえんだ」

新吉は早々に礼を言って、嘉助と元鳥越町の長屋を後にした。

三・四の大番屋に急ぐと、そこには伊兵衛をはじめ、文蔵と房吉が待っていた。

「旦那の仰った通りですよ、弥治郎と梅吉は顔見知りだったんです」

新吉は、鼻を膨らましながら言った。

「汐留橋の下に浮く前に、梅吉が訪ねて来ていたそうです」

二人がどんな話をしていたか、それは分からないが、とにかく弥治郎と梅吉は顔見知りだったということに間違いはなかった。

「これで、死んだ当日、弥治郎が梅吉を訪ねて来たことは間違いないな」

伊兵衛はそう言ったが、問題は、弥治郎を殺したのが梅吉かどうかということと、何故殺さなければならなかったか、ということであった。

一同の頭に浮かぶのは、増田屋の蔵から盗まれた千両の金であるが、どう考えても結び付きそうにない。

少し強引かも知れないが、もし二人が千両を盗んだとして、その分け前のことが原因で梅吉が弥治郎を殺した、という結末を考えてみると、なかなか面白い人間像が浮かびあがるのだが、

「どうも腑に落ちねえな」

と文蔵は首をひねるのである。

梅吉と弥治郎がどうして知り合ったのか、ということが分からない。二人が増田屋の蔵に忍び込み、千両盗み出したということも、まるで夢みたいな話である。

だが、その千両で梅吉と弥治郎が反目し合い、梅吉が弥治郎を殺して金を独り占めにすると、増田屋から暇を貰い深川へ引っ越した、というのは分からない話ではない。

梅吉が毎晩のように、深川の色里に遊びに行くのも、合点がゆくのである。

「問題は、梅吉と弥治郎がどこでどうやって知り合ったかということと、増田屋の蔵にどうやって押し入ったか、ということだな」

伊兵衛が、議論をまとめるように言った。

「梅吉をもう一度、問い詰めるより方法はありませんね。なにしろ、弥治郎の方はもう死んでるんですから」

文蔵がそれに答えて言った。

外はもう夜になっていた。

文蔵と新吉は辰平を呼んで、馴染みの居酒屋へ行った。

「どうだい兄貴？」

新吉は久し振りの辰平に言った。

「新一郎旦那が昇進なさって、めっきり忙しくなったよ」

辰平は嬉しそうに言った。

「うちの旦那も、遅かれ早かれ、引退なさることになるな」

文蔵が寂しそうに言うと、

「まあ、仕方がねえさ。矢田部の旦那も何れはな」

辰平は慰めのつもりで、そんなことを言った。

新一郎に付くことをあれだけ拒んだのに、今は却ってそれがよかったのである。

「身の振り方を決めておかねえとな」

文蔵が誰にともなく言うと、新吉は、

「俺はもう決めてるよ、誰の手札を貰うか」

とあっさり言った。

「それは早すぎるんじゃねえか。うちの旦那のことだ、俺たちの働き易《やす》い人を紹介して下さるはずだぜ」

文蔵が言うと、

「そのときはそのときよ。また文蔵兄ィと一緒に働ければいいんだ」

新吉は割り切ったものだった。

「ところで、今日の話だがな、梅吉といい、弥治郎といい、評判のいい男ばかりじゃねえか」

文蔵が切り出すと、

「全くだ。特に弥治郎という老人なんか、律儀で、真面目で、どこから見たって、汐留橋の下に浮くような人間じゃねえぜ」

新吉が答えた。

「梅吉という老人だってそうだ。それが増田屋を暇になった途端、今夜も多分、深川の伏玉屋《ふせだまや》あたりで鼻の毛を抜かれてるぜ」

文蔵はそんなふうに梅吉のことを評した。

そんな老人が二人、一体どこで知り合い、どうして片方が死ぬことになったのか。そして、番頭以外かたく秘密にしてあった千両を、増田屋の蔵からどうやって盗み出したのか、一切は謎のままであった。

「あした、梅吉爺さんが何を喋るか、そいつが楽しみになって来たな」

新吉は舌なめずりしそうな顔で言った。

翌朝早く、文蔵と新吉らは深川の伊勢崎町へ行った。

梅吉はまだ寝ていて、やって来た文蔵らのために慌てて布団を片づけた。

「昨夜《ゆうべ》も遊びかい？」

文蔵が言うと、梅吉は、

「なに、そこらでちょいとね」

と頭を掻《か》いた。

「結構なご身分だな」

新吉は、あたりを見回しながら言った。一人暮らしの老人らしく、調度は殆《ほとん》ど無く殺風景であった。

「梅吉さんよ、おめえさん嘘を言っちゃいけねえな」

新吉の顔は余裕があった。

「なんで俺が嘘を」

「弥治郎という人は知らねえと言ったじゃねえか」

「えッ――」

梅吉は咄嗟に返答が出来なくて、新吉の顔を見返していた。

「どうして二人は知り合ったんだい？」

「俺は弥治郎という人間は——」

「まだ知らねえってのかい。何なら顔を見て貰おうか、弥治郎の隣に住んでる婆さんに」

梅吉はそれを聞くと、急に喉が詰まったように黙った。

「どこで知り合った？」

今度は文蔵が尋ねた。

「そりゃあ、その、西本願寺の七夕立花会で知り合ったんだよ」

「ふーん。妙なところで知り合ったもんだな、また」

「二人とも、もう先が短いし、ふっと信心が湧いて来るんだよ」

梅吉は何故《なぜ》か、ほッとした顔で答えた。

西本願寺の七夕立花会は、十一月の報恩講と並んで、江戸市民の集まる所であった。

「立花会で知り合ったのに、なんで弥治郎という男は知らねえと言ったんだい」

文蔵はなおも突っ込んだ。

「そりゃ親分、殺された人間と知り合いだったということになると、ちょいと不味《まず》いと思いやして」

「どうして弥治郎が殺されたと知ってるんだい？」

「えッ」

梅吉は慌てると、すぐに、

「だって、そう聞いたんだがな」

と言った。

「誰に？」

文蔵が鋭く言った。

「誰にって、たしかに親分からそう聞いたんだよ」

「言わねえよ――弥治郎が死んだ日、おめえさんの所に来たんだな？」

文蔵は矢継ぎ早に尋ねた。

「いや、俺の所には来ねえよ」

梅吉は答えたが、その表情は明らかにうろたえていた。

「ふーん、本願寺で知り合って、おめえさんは弥治郎のうちへ行ったけど、弥治郎は一度も増田屋の隠居所には来なかったというんだな？」

「そうなんで。だから弥治郎がなんであんなことになったのか、まったく見当も付かないんで」

「もう一度聞くがな、弥治郎が汐留橋の所に浮いていたって、どうしておめえさんが知っているんだ？」

「だって親分がそう言ったじゃねえか。親分でなかったら、町奉行所の旦那がそう仰ったんだ。間違いねえよ」

「馬鹿野郎ッ」

文蔵が突然大声を出した。

梅吉はびくっとして文蔵を見返した。

「嘘八百を並べてこの野郎、てめえの言ってることは全部嘘だ。いい加減に本当のことを言わねえと、大番屋にしょッ引いて吐くまで帰さねえぜこの野郎！」

文蔵は顔を真っ赤にしていた。

梅吉は身を硬くして、眼のやり場を失った顔である。

「おい、もうこの辺で白状したらどうだい。どうせ嘘はつき通せねえんだ」

新吉が横から柔らかく言った。

「親分たちは、あっしが増田屋の千両を盗んだと仰るんですね」

「それだけじゃねえ。弥治郎も殺してるだろう」

「何の証拠があってそんなこと仰るんですかい。あっしは西本願寺で弥治郎と知り合い、一度ずつお互いの家を訪ねただけですよ」

「いま言ったばかりじゃねえか、弥治郎は増田屋の隠居所には来てねえって」

「一度だけ来たんですよ」

梅吉は言葉遣いが丁寧になっていた。

文蔵は、すっかり穏やかな調子で、

「それは、汐留橋の下で死体が見つかった日だな」

「そうです。二人でお茶を飲んで別れた、ただそれだけですよ」

「何時頃だ？」

「さあ、そろそろ暗くなる時分でしたかね」

文蔵は急に立ち上がると、

「ちょいと、家の中を調べさせて貰うぜ」

と言った。

「なんでそんなことを――」

「もう察しは付いているんだ。おめえさんはその日、増田屋の蔵を襲って金を盗み、分け前で弥治郎と反目し、それで弥治郎を殺したんだ」

「そんな馬鹿なッ。なんであっしがそんなことをするんです」

文蔵はもう家の中を探し始めていたが、どこにも千両の金は無かった。

「親分たちはどうかしてますよ、あっしと弥治郎が、どうして増田屋の蔵に押し入るんです。真っ昼間、それも鍵も無しに」

梅吉は余裕のある顔で言った。

文蔵らは、自分たちの推量に自信を持っていたが、梅吉の言う通り、昼間からどうやって増田屋の蔵を狙ったか、その点については全く考えがつかなかった。


おさわは今日も幻覚の中にいた。

野良着姿の父親が、おさわに向かって何か怒鳴っている。

おさわは旅立ちの格好をして、盛んに父親に言い返している。

父親が殴る。

その父親に激しく抗議しているのが、母親であった。

二人が言い合っているのに、その場から逃げるおさわ。

渡し場に舟がもやっている。

おさわがそれに乗ろうとするが、船頭が居ない。

母親が叫んでいる。
どうか行かないでおくれ、とおさわに泣きついている。
おさわは、どうか行かしてくれと頼んでいる。
いつの間にか、もやっていた渡し舟が消えている。
茫然となるおさわ。
「おさわ」
と呼ぶ声がしている。
おさわの頭の中が、おぼろげに現実味を帯びてくる。
また「おさわ」と呼ぶ声がしている。
男の声だ。
おさわは、自分が横になっていることに気付く。
さっきから、おさわの枕元で名前を呼んでいるのは、伊兵衛である。
おさわの眼が、ぼんやりと見上げる。
「うなされていたぞ」
伊兵衛が言う。
おさわは黙って伊兵衛の顔を見返しているが、その眼には力がなく焦点があってない。

「夢を見ていたのか？」

伊兵衛が尋ねる。

「日下、伊兵衛――」

おさわはそう言うと、じっと伊兵衛の顔を見やる。

その顔が、笑みを浮かべようとしている。

「お師匠さん」

伊兵衛はそう呼んでみる。

「あなたに、新内を教えようか」

おさわは、細いかすれた声で言う。

「俺の声は胴間声だぜ」

「今度、三味線を持っておいでよ」

「ああ、持って来よう」

おさわは、息を整えるようにして、

「おトキは来ないねえ」

と嘆くように言った。

「もうすぐ来るよ、俺も手紙を書いたんだ」

おさわの眼が、ふッと遠くなる。

「おさわ、楽しかったな」

伊兵衛は、ついそう言ってしまう。

おさわの顔は微笑んでいる。

「俺と過ごして、一番楽しかったのは、一体何だ？」

「一番楽しかったのは――」

おさわは思い出すように、じっと視線を凝《こ》らしている。

「あなたを、からかうこと」

「この野郎」

伊兵衛は乱暴に言って、笑った。

おさわも微かに笑っている。

「楽しかった」

そのひと言で、おさわは全部言い表すことが出来た気がする。

伊兵衛も頷いて、

「また、あんな暮らしをしよう」

おさわはちょっと顎《あご》を引いて、「うん」という仕種をした。

伊兵衛は、窓の外に眼をやった。

暦の上では、冬がもうすぐそこまで来ている。

南小田原町に居たら、おさわはいま頃、冬の稽古《けいこ》総仕舞で忙しいときである。

おさわもその事を思っているのだろうか。

伊兵衛は何か話しかけようと思っても、言葉が見つからなかった。

俺が帰ったら、おさわはきっと泣くに違いない。深い、救いのない哀しみに、身を震わせて泣くのだろう。

その苦しみは、伊兵衛には到底分かりはしない。

ただ、そんなおさわをこの世から失ってしまう哀しみだけが、伊兵衛の胸を締めつけるのである。

夜になって、文蔵と新吉は辰平も加えて、伊兵衛の前で話しあっていた。

伊兵衛は彼らの話を聞きながら、これからの探索方法をどうするか、考えねばならないのだ。

「おめえたちは、梅吉が増田屋の蔵の千両を盗み、その上、一緒に盗みを働いた弥治郎を殺したというのだな」

「それしか考えられないんですよ」

文蔵が強い口調で言った。

「しかし、どちらも証拠がない。特に増田屋の蔵には到底押し入ったと思えない、というのだな」

「そうなんで。あの蔵を破るのはそれこそ神業ですよ」

と今度は新吉が言った。

伊兵衛は腕を組んで、しばらく考え込んでいた。

梅吉が犯人に違いないと言って置きながら、片方で、とても梅吉には出来そうにないと言っているのだから、妙な話である。

「梅吉もそうだが、弥治郎は人間が正直で、律儀で、世間の評判もとてもいい。それでも二人がやったというのか？」

「へい。旦那にこんなことというのは釈迦に説法ですが、人間という奴は、いつどこで魔がさすか分からねえもんで」

文蔵はそう言った。

それまで黙っていた辰平も、年々年老いてゆく自分の、寂しさや不安、金の無いことへの頼りなさが、思い切った行動に駆り立てたのではないか、と言った。

「それは分かるが、増田屋の蔵に千両があると、二人はどうして知ったのだ。それに、二人が知り合ったのも、西本願寺の七夕立花会とはどうしても思えねえがな」

伊兵衛が言うと、三人は困惑しきったように口を噤《つぐ》んだ。

「それでもおめえたちは、梅吉の仕業に違いねえというんだな」

「へい。そうなんで」

文蔵が言い、新吉も辰平も頷いた。

「よし、こうなりゃ犯行の手口は後のことにして、まず千両の金を探すことから始めようじゃねえか」

「へい、そういうことになりゃ、あっしらも動きやすいんで」

文蔵は少しほッとした顔をし、新吉は、これから梅吉を徹底的に見張り、金の隠し場所を突き止めようと言った。

「そんな手ぬるいことをしなくても、金は長屋にあるはずだ」

伊兵衛は自信を持って言った。

「本当は肌身離さず持って居たいはずだ。だがそうもいかねえから、一番身近な所に隠すのが筋だ」

それを聞いていた文蔵は、これからすぐにでも梅吉の長屋を探そうと言ったが、新吉と辰平は、留守を狙って決行するのがいいと主張した。

「なんだい、おめえたちはそんなに自信がねえのか。梅吉がやったというのなら、一刻も早くケリを付けようじゃねえか」

文蔵がそう言って腰を上げたので、新吉と辰平も慌てて立ち上がった。

夜道はもう冷え冷えとしていた。

文蔵ら三人と子分たちは、深川に向かって永代橋を渡り、伊勢崎町へ急いだ。

「旦那はあれだな、少し元気が出たように見えるだろ」

文蔵が言うと、

「大方、あの女の人の容体が、良くなってきたんだ」

新吉がそう応じ、辰平も、

「新一郎旦那が昇進となれば、何れ引退なさるのだろう。勿体ねえ話だよな」

と嘆いた。

伊勢崎町の木戸を入ると、木戸番が眼をキョロキョロさせて、文蔵たちを見ていた。

梅吉の長屋は灯が灯《とも》っていた。

昼間、文蔵らに激しく問い詰められたので、さすがに今夜は出かけなかったらしい。

「御免よ」

新吉がそう声をかけて、腰高障子を開けようとすると、中から戸締りがしてあった。

「おい、昼間来た大番所の者だ。ちょっと話したいことがあるから開けてくれ」

途端に中から、ゴツンという木のぶつかる音がした。

「戸を破れ」

文蔵は言うなり、障子戸をこじ開けた。

辰平と新吉が飛び込んで見ると、畳が一枚めくれて、金の包みが幾つか残っていた。

「おい梅吉！」

辰平はすぐさま、畳を剝《は》がした所から飛び込もうとした。

梅吉は顔を出すと、その辰平に下から組み付き、引き倒すようにして勝手へ逃げた。

「おとなしくしろッ」

文蔵らは十手を構えたが、包丁を摑《つか》んだ梅吉は、それを振り回しながら外へ逃げようとした。

だが、そこには三人の子分が待ち構えていて、進退窮まった梅吉は、文蔵らに向かって包丁を振り回した。

「梅吉ッ、観念しろ！」

十手を構えた文蔵らは、周りから間合いを詰めていった。

暴れる梅吉の懐《ふところ》から、金の包みがこぼれ落ちた。

辰平の投げた縄が梅吉の動きを封じ、襲いかかった文蔵と新吉があッという間に縛り上げた。

六十近い梅吉は激しく喘《あえ》いでいたが、その周りには夥《おびただ》しい金の包みが散らばっていた。

次の日、南茅場町の大番屋へやって来た伊兵衛は、仮牢から引き出された梅吉と向かい合っていた。

文蔵や新吉、辰平も同席して、梅吉の口から出てくる言葉にじっと耳をすましている。

梅吉は、正直で働き者という評判の通り、きちんと伊兵衛の前に膝《ひざ》を揃《そろ》えている。

「おめえの長屋から見つかった金は、全部で九百九十二両だ。おめえは八両使ったことになるが、それに相違無いな」

「へい」

梅吉はすぐに頷いた。

「増田屋の蔵に押し入ったのは、弥治郎と二人だけか？」

「そうでございます」

「どうして弥治郎と知り合った？」

「ある日、突然弥治郎が訪ねて来たんです。最初のときはただ、自分は天明の打ち壊しのときに、増田屋の先代に頼まれてこの隠居所を作ったと言いました」

「天明七年だな。増田屋の先代はまだ若かったはずだが」

「へえ、それがどういうわけか、増田屋とは通りを隔てた場所に、隠居所をお建てになったんでございます」

「一人で建てたのか？」

「いえ、仲間と二人で建てたそうです。大変仲のいい人で、もう亡くなってしまったそうです。そのときは、急に身も世も無いほど寂しくなったと聞きました」

「それで、増田屋の蔵に押し入る相談は、二度目に訪ねたときか？」

「二度目は二度目ですが、今度はわたしが浅草の長屋を訪ねたんです」

「それで？」

「弥治郎さんは、年を取って、独り暮らしは怖くないかとわたしに尋ねました。わたしは弟が一人おりますが、それに世話になるわけにもゆかず、やっぱり一人で年取るのは寂しい、と答えました」

伊兵衛は眼で、話を続けるように促した。

「弥治郎さんは、増田屋の隠居所を建てるとき、先代と交わした大事な約束があると言いました。ずっとその約束を守って来たそうですが、一緒に仕事をした仲間が死んだとき、ふッと魔がさしたように、その約束を破ろうと思ったそうです」

「何だ、その約束とは？」

「へい、つまりその、隠居所を建てるとき、先代が打ち壊しを恐れ、暴徒に蔵をやられたときのことを考えて、地下に穴を掘り、増田屋と隠居所をつないだのだそうです。約束というのは、それを誰にも言わないということです」

伊兵衛は、なるほどと思った。これまで、町民がそこまで用心していたことは、ついぞ知らなかったのである。

あの打ち壊しから、もうかれこれ五十年が経っているのだ。

打ち壊しは免れ、いつしか、地下にそのような抜け穴があるとは、先代も念頭《まぬか》から消えていたのである。

もしかしたら、死ぬ前に、倅の喜兵衛に言い残すつもりだったかも知れないが、その機会を逸したのであろう。

梅吉と弥治郎は、床下から地下の穴を伝って蔵に押し入った。

そこには、二人が思いもかけなかった大金があった。近江屋から預かった千両の金である。

二人は床をきれいに元通りにして、隠居所に引き返すと、五百両ずつ分けることにしたが、弥治郎は、

「今日は持って帰れない。誰かに怪しまれたらおしまいだ」

と言って、その日は持って帰らなかったという。

懐に五百両というのは、あまりに無茶すぎる金であった。

弥治郎は繰り返し、約束をした先代には申し訳ないと言った。

しかし、自分の老後を不安なく暮らすためには、五百両は多いとしても、ある程度の金は必要だったのである。

「そして、おめえは弥治郎を送って、新シ橋の上から落したのだな」

伊兵衛の言葉に、梅吉はしばらく黙っていた。

「金は魔物というからな。おめえは金を一人占めしたくなったのだ。千両あれば、一生贅沢をして、面白おかしく遊んで暮らせるからな」

梅吉はすっかり観念したらしく、

「申しわけありません」

とうなだれた。

見守っていた文蔵らは、思わず深いため息をついた。

梅吉は死罪になるだろう。金を盗んだ後とはいえ、人を殺したのだから引回しは免れなかった。

弥治郎は、律儀で正直な人間であった。

長いこと、先代との約束を守り通して来たのに、一緒に仕事をした仲間が死に、寄る年波の不安と寂しさから、つい自分の良心に背いてしまったのだ。

もし増田屋の蔵の中に、近江屋から預かった千両がなかったら、梅吉も弥治郎も、もっと違った運命をたどったに違いない。

非番の日に、新一郎の昇進の祝いが催された。

午後になると、仕事を早く切り上げて来た吟味方《ぎんみかた》の後藤《ごとう》や、例繰方《れいくりかた》の赤沢《あかざわ》らがやって来て、おめでとうを言ってくれた。

町奉行所からは年番与力の細田や、他に三人ほどが出席した。

身内では小田切仙三郎と初、矢田部家からは謹之助、芳江と利三郎が顔を見せた。

隣人は勿論池田八十平と喜代夫婦である。

接待をする新一郎と一緒に、妻の理恵も立ち働いたが、お腹はもうすぐ産まれるほどに突き出て、周りをはらはらさせたが、

「大丈夫ですよ、いまが一番安定しているときですから」

と萩乃は一向に動ずる気配はなかった。

伊兵衛は席に玄朴の顔の無いのが、さっきから気がかりだった。

昨日おさわを見舞ったときに、

「一応、遠慮しておきましょう。医者として患者を診てなければなりませんから」

と玄朴は言った。

患者とはおさわのことであった。

〈もうそこまで来ているのか〉

と伊兵衛は思ったが、伜の昇進祝いをすっぽかして付きそっているわけにもいかな

かった。

二階の部屋に上がると、おさわは目覚めていた。

眼の縁は黒ずみ、唇も乾くようで、

「ほら、水だ」

と伊兵衛が水を飲ませようとすると、

「おトキはどこにいるの？」

と尋ねた。

幻覚を見ているのだ。

「俺だよ、分かるか？」

と伊兵衛が言うと、おさわは、

「伊兵衛」

と言って、微笑んだ。

「南町奉行所、日下伊兵衛――いい様子だねえ」

宙を見るような、何かを追いかける眼をしていた。

「あしたは新一郎の昇進祝いの日だ。来るのがちょっと遅くなるが、きっと来るからな」

伊兵衛は正直にそう言った。

「きっとだよ。お膳拵《こしら》えて、待って居るからね」

おさわはこれまで、伊兵衛のために膳拵えをしたことはなかった。でも心の内では、きっとそうしたかったに違いない。

「お酒を、二人で飲もうね」

別れるとき、最後にそう言った。

おさわもやっぱり、伊兵衛と二人で、酒を飲んで楽しんだことが、胸の中に刻み込まれていたのだ。

伊兵衛は、宴席を早く抜け出して、おさわの所へ行きたいと思った。

「おい、診療所の方は大丈夫か？」

謹之助が顔を寄せて言った。

「うむ、今日は早いとこ失礼するが、みんなには宜しく伝えてくれ」

伊兵衛はそう言って、年番与力の細田の方へ行って、お流れ頂戴をした。

「おぬしも、立派な跡取りが出来て仕合わせだな」

細田は心からそう言った。

「まだまだ未熟者ですが、宜しくお引き立てをお願い致します」

伊兵衛も珍しく、素直な気持ちで頭を下げた。

そのときだった。玄関で人の声がした。

すぐに出て行った萩乃が、伊兵衛の脇へ寄って来て、

「あなた、おさわさんが、危篤《きとく》だそうです」

と小声で伝えた。

伊兵衛は顔色を変えなかった。

立って、玄関へ行きながら、動悸《どうき》はそれでも胸腔《きょうこう》を打った。

玄関には書生の小平太《こへいた》が立っていた。

「苦しんでいるのか？」

と伊兵衛が尋ねると、

「いえ。でも先生が――」

小平太は動揺していて、それだけしか言わなかった。

伊兵衛は決心すると、後ろに立っている萩乃にひと言、

「行って来る」

そう言って、草履《ぞうり》を突っかけて表へ出て行った。

診療所に着くと、そのまま二階の部屋へ上がって行った。

おさわの寝ている横で、玄朴が脈を取っていた。

「先生」

伊兵衛が言うと、玄朴はゆっくりと振り向き、

「声をかけて下さい。まだ息はあります」

と促した。

伊兵衛はおさわの顔を見た。

瞼《まぶた》が微かに震えて、少し開けたままの口は一生懸命に息をしていた。

「おさわ」

伊兵衛は名前を呼んだ。

「もっと続けて」

玄朴は叱《しか》るように言い、伊兵衛は二度、三度と名前を呼んだ。

おさわは眼を見開き、何かを探すように視線を動かした。

伊兵衛はその視線の中に、自分の顔を差し出して、

「おさわ」

と呼んだ。

おさわの表情が動いた。

「――日下、伊兵衛」

と唇から声が漏れた。

「おさわッ、まだ死んではならねえ」

伊兵衛が怒鳴ると、おさわの顔が笑ったように見え、次の瞬間、その顔が微かに動いて止まった。

おさわは死んだのだ。

「おさわ」

伊兵衛は最後に、優しくおさわの名を呼んだ。

玄朴は脈を診て、それからおさわの瞼を閉じた。

伊兵衛はただ茫然と、おさわの死に顔を見つめていた。

最後に、「お酒を、二人で飲もうね」と言った言葉が、耳に残っていた。

最後の奉公

（一）

久方ぶりに佐藤玄朴が日下家を訪れた。

伊兵衛が非番の日で、嫁の理恵も薄化粧して、この大事な客を出迎えた。

「もうすぐですね」

玄朴は理恵のお腹を見ると、にこやかにそう言った。

「どちらが生まれるか、それが気になりまして」

理恵の代わりに答えたのは萩乃だった。

玄朴は笑って、

「それは神のみぞ知るですな。もうどちらでもよいでしょう、また二人目、三人目と生まれるんだから」

と医者らしく言った。

「そんなに生まれるでしょうか？」

理恵が真顔で尋ねた。

「何故です？」

「夫とも話したのですけど、日下の家は、どうも一人じゃないかって」

「そんなことはありませんよ、人間は努めれば必ず成果があるものです」

玄朴が半分冗談で言うと、理恵は「まあ」と含羞《はにか》んだ。

伊兵衛は二人きりになると、

「お世話をかけて、本当にありがとうございました」

と玄朴に改めて礼を言った。

おさわのことでは、言葉だけでは感謝しきれないのだが、玄朴は、

「なに、こちらこそお詫《わ》びを言わなければならないのですよ」

と恐縮した。

おさわの苦しみや痛みを取るために、寿命を縮めるような薬を使ったことを言っているのだ。

そんな強い薬を使わなければ、おさわはもっと生きたかも知れない。

しかし、ほんの少しだけ長生きをするために、あの全身を裂かれるような痛みと、心の苦しみを味わうことに、どんな値打ちがあるというのだろう。

伊兵衛は、思ったより安らかだったおさわの死に顔を思い出しながら、玄朴に感謝せずにはいられない。

「実は、昨日、おさわさんの妹が上総から出て来たのですよ」

玄朴が言った。

「昨日――いまどちらに？」

「今朝、南小田原町の方に行きました。おさわさんの遺品は、あちらの大家に預けてありますから」

「ああ、そうですね」

伊兵衛は、この数日のことをぼんやり思い出しながら、そんな返事をした。

おさわが死んだ夜は、玄朴の診療所の二階で一緒に過ごした。

さまざまなことが脳裏を去来して、一睡も出来なかったが、翌朝は駕籠で、おさわの遺体を南小田原町に運んだ。

元結《もっとい》長屋の人々は、おさわの死を悼《いた》み、悲しんだが、すぐに普段の顔になると、通夜の支度に取りかかった。

おさわの長い不在に、みんな今日という日が来ることを覚悟していたのである。

大家をはじめ、おさわの弟子だった連中もこぞってやって来た。

伊兵衛は顔を見せなかった。

通夜の夜も、翌日の葬式にも、彼の姿はなかった。

南町奉行所の役人という世間体もあるが、彼はそんなことはもうどうでもよく、ただ、みんなと一緒におさわを弔うことが、なんとなく気が進まなかったのである。

おさわは、彼の中ではまだ死んではいなかった。

「お酒を、二人で飲もうね」

と言った彼女の言葉を、伊兵衛は大事に心の中にしまって置きたかった。

みんなと一緒におさわの思い出を語り、葬式に参列することで、おさわが段々遠い存在になって行くような気がしてならないのである。

「では、わたしが南小田原町へ行ってみましょう」

と伊兵衛は言った。

玄朴を送って出て、伊兵衛の足はそのまま南小田原町に向かった。

妻の萩乃も、新一郎夫婦も、初と仙三郎夫婦も、そして矢田部家の人々も、もう以前のように伊兵衛とおさわの関係を言わなくなっていた。

おさわがもう故人となったこともあるが、伊兵衛の思い入れが一通りではなかったことを、みんな知ったからである。

南小田原町の元結長屋は、いつもと変りはなかった。

どぶ板を踏み、左手の井戸端を眺める。

女たちの姿はなかった。

伊兵衛は突然、おさわの幻影を見た。

「あら」と言って立ち上がった顔が、こちらを見返したまま笑っている。

伊兵衛は思わず「おさわ」と声に出しそうになって、その場に立ち尽くした。

そんなおさわの姿を、これまで幾度見て来たことだろう。

着物の裾《すそ》を小粋に翻《ひるがえ》して、新内の稽古から帰って来る姿。

板橋の宿で、笑って手を振ったときの姿。

笑った顔。拗《す》ねた顔。泣いたときの顔。そして抱き合ったときの姿態——。

伊兵衛は今になって、おさわという女の存在の重さを思い知った。

あの日はもう二度と帰らない。

伊兵衛はその生々しい思い出を、そっと抱きしめるように立ち去った。

おさわの家の中には、妹のトキがじっと座っていた。

伊兵衛は後ろ手で障子戸を閉めながら、その顔を黙って見返していた。

トキは深々と頭を下げた。

「やっと来たね」

伊兵衛は言った。

それは、最後まで妹が来るのを待っていたおさわの気持ちと、百姓仕事の忙しい中をやっと出て来たトキの気持ちを、思いやったものだった。

「すみません」

トキはもう一度頭を下げた。

姉の死に間に合わなかった無念さと、散々世話を掛けただろう伊兵衛に対して、お詫びの心を込めたものだった。

「おさわもとうとう仏になった」

伊兵衛がしみじみとした口調で言った。

胸の中で、哀しみや寂しさがわき上がってきた。

「姉の最期は、旦那様が看取《みと》られたとか――」

「うむ」

「姉はどうだったでしょう、苦しんで死んだのでしょうか?」

「いや、静かな臨終だった。わたしは、おさわがあんなに立派に死ぬとは思っていなかった」

伊兵衛は正直に言った。

おさわは多分、もっと我《わ》が儘《まま》に振る舞い、この世から消えて行く自分を哀しみ、もっと大仰に訴えるものと思っていた。

「死のときまで、恨みがましいことはひと言も言わなかった」

トキは黙って聞いていた。

「ただひと言、妹はまだ来ないのかと言ったよ。よほどおめえさんに逢いたかったのだ」

トキは不意に、「ううっ」という声をあげて泣いた。

伊兵衛はその姿を黙って眺めていたが、項《うなじ》から肩にかけて、おさわに似ているのが哀しかった。

「今夜はどうする？」

「はい。玄朴先生が診療所へ来いと仰《おつしや》いましたが、もう一晩、此処《ここ》で過ごしたいと思います」

「そうか」

伊兵衛は、さてこれからどうしたものかと思った。

考えてみれば、トキは自分の義理の妹のようなものだった。

形の上では、おさわは他人だったかも知れない。しかし心の中では、妻のような存在になっていた。

「わたしも、明日寄ってみよう。おめえさんとはまだまだ話したいことがいっぱいあるしな」

「ありがとうございます」

トキはそう言って、頭を下げた。

伊兵衛は町木戸を出ると、何気なく空を見上げた。

もう薄闇が張っていて、一番星が微かに瞬《またた》いていた。

伊兵衛には、その星がおさわに見えた。

世間の人は、鬼籍に入った人間を夜空の星に見立てるというが、伊兵衛は自分もそうなってしまったな、と思った。

言い知れぬ哀しみが、また胸いっぱいに広がった。

提灯掛け横町から脇に入り、組屋敷の門の前に来たときだった、いきなり黒い影が飛び出して来た。

「旦那ッ」

と呼んだ声は文蔵だった。

「どうしたんだ？」

「新吉がやられたんで」

伊兵衛はエッという顔になった。

「旦那がお出かけだと聞いたもんで、さっきから此処で待っていたんですよ」

「それで新吉はどうなんだ？」

「へい、傷は大したことはねえんですが、襲ったのが女二人なんで」

「女――？」

「それも見たこともねえ女らしいんで。二人ともまだ若く、短刀で肩口を刺されているんです」

「新吉は今どこだ？」

「雲母橋《きらずばし》のてめえの旅籠で」

伊兵衛と文蔵は、もう歩き始めていた。

「新吉は久し振りの休みなんで、普通の格好をしておくめのところへ行ったんです」

文蔵は一人で喋った。

昼に旅籠を出た新吉は、おくめの住まいを訪ね、久し振りで二人で酒を飲み、楽しんだ帰り道、ほろ酔いで杉森《すぎのもり》稲荷の屋台店を冷やかした。

襲われたのはそのときである。

いきなり後ろから女の異様な声がしたと思ったら、二人の女が短刀で襲って来た。

肩を刺された新吉は、夢中で女二人の殺気をかわした。

周りには人だかりが出来、それでも女二人は新吉に襲いかかって来た。

「止めろッ、何だてめえらは。俺を誰だと思ってやがるんだ！」

新吉は叫びながら、人垣を分けて逃げた。

「そのまま逃げたのか？」

「へい。女二人の形相があんまり凄いので、つい——新吉の野郎、後になって悔しがってるんで」

「いつ頃だ？」

「暮れの六ツ頃ですかね」

文蔵が言った。

伊兵衛がちょうど、トキと別れた頃合いだった。

雲母橋の瓢箪屋《ひょうたんや》に着くと、奥の自分の部屋で新吉は横になっていた。

「あ、旦那」

と慌てて起き上がった。

「なんだ、てえしたことねえじゃねえか」

伊兵衛が、わざとぞんざいに言うと、

「へい、明日はもう働けるんで」

新吉はそう言って頭に手をやった。

「女二人の顔はよく覚えてるな？」

「そりゃあもう――まるで阿修羅のようでしたよ。あれはお武家の娘ではありませんね」

「顔に全然覚えがねえって、本当なのだろうな？」

「へえ、そりゃあもう、本当に本当なんで。まるっきり覚えがありません」

「弱ったな」

伊兵衛は腕を拱《こまね》いた。

二人の女が人違いと気付くまでは、新吉を襲って来るのだ。

それにしても、一体どんな恨みがあって男の生命を狙っているのか。

「おめえを襲うとき、女たちはなにか言ったはずだな」

「言いました。でもあっしはほろ酔いでしたし、屋台店の親父と話してたんで、何を言ったのかさっぱり――」

伊兵衛は、二人の女はきっと、殺そうとしている男の名前を言ったはずだと思った。

それればかりではなく、自分たちの名前も名乗ったはずである。

新吉は何を言ったのか分からない、と迂闊《うかつ》だったことを認めているが、このまま放っておくと、新吉はまた、どこかで狙われるに違いない。

伊兵衛は、文蔵と新吉に、すぐにでも女二人を探し出して、こちらから決着を付けるように言って出た。

「なあ兄ィ、女ってなあ恐ろしいようで、可愛いもんだな」

新吉は、伊兵衛が帰った途端に妙なことを言い出した。

「旦那とおさわって人の話を聞いて、おれは急におくめのことを思い出したんだ。しょっちゅう行くと言って、ここんとこすっかりご無沙汰だ」

新吉は急におくめのことが気になり、久し振りで訪ねて行ったが、おくめは恨みがましいことはひと言もいわず、差し向かいで酒を飲み、身体も開いてくれたという。

「俺はそのとき、つくづく女ってなあ可愛いもんだなって思ったよ」

「馬鹿野郎、お惚気《のろけ》のつもりかこの惚《ぼ》けなすが。おくめの方もな、そのときおめえの身体が恋しかったのよ。ただそれだけのことじゃねえかい」

「だけど兄ィ、それが相性ってもんじゃねえのか」

「そうよ、それをおめえは袖にして、他の若え女と一緒になったのよ」

「ちえッ、色恋とな、夫婦とは違うんだい。おくめが若かったらとっくに一緒になってらい」

新吉はムキになって言った。

明くる日、昼どきになって、新一郎がおかしな顔つきで伊兵衛のところにやって来た。

喜んでいるのか、なにか予想しないことが起こって、とても慌てているのか、どちらとも分からない表情だった。

「どうかしたのか？」

伊兵衛が尋ねると、新一郎は初めてにっこり笑って、

「生まれたのですよ」

と言った。

伊兵衛は咄嗟《とつさ》に「えッ？」という顔をしたが、同時に「あッ、そうか」と新一郎の言おうとしていることが分かった。

「どちらだ。男か女か？」

「どちらだと思います？」

「馬鹿、判じ物をしてる場合か。その顔では男なのだろう」

「その通りです。男の子ですよ」

新一郎は、自分が大事業でもなし遂げたような顔をして言った。

「そうか、男の子か」

伊兵衛も、そんな新一郎の顔を見ているうちに、自分も嬉しくなって、それ以上の言葉は出なかった。

「弥助がいま言ってきたんです。今日は早く帰ります」

新一郎は言うと、もう一度伊兵衛の顔を見返して、

「よかったですね、父上」

そう言って、踵《きびす》を返して行った。

伊兵衛はその後ろ姿を見やりながら、本当によかったと思った。

妻の萩乃も、当の理恵も、それから矢田部家の人々、玄朴、みんなが喜んでくれるだろう。

これで日下家も跡取りが出来たわけだが、世間から見ればごく当たり前のことが、伊兵衛には特別な歓びをもって感じられた。

「おい、子供が生まれたぞ」

伊兵衛は、謹之助に言った。

新一郎と同じようなものの言い方だった。

謹之助も「えッ」という顔をし、すぐ、

「へえー、それはおめでとう。それで母子ともに元気か？」

と言った。

さすがに産婦の父親らしい言葉だった。

「うむ、わしも見たわけではないが、元気らしい。それで――」

男か女か聞かないのか、と言おうとしたところへ、

「男の子か？」

と謹之助は言った。

「どうして分かる？」

伊兵衛が尋ねると、謹之助はニヤリと笑って、

「それは、おぬしの顔を見れば分かる」

と言った。

伊兵衛は、俺はそんなに恵比須顔《えびすがお》をしているのか、と思ったが、悪い気持ちではなかった。

「一杯やろう」

「ああ、いいな。しかし今日は駄目だ。日を改めよう」

「ふん、孫の顔が早く見たいんだな。わしもそのうちに行く。とにかくよかった」

謹之助はそう言って、伊兵衛の傍《そば》から離れた。

伊兵衛の胸の中を、突然、心を騒がせる風が吹き抜けた。

おさわのことが脳裏に浮かんだのである。

短い生涯を、夫婦の契りもせず、子供も生まず、病に倒れ死んでいったおさわの一生は、やはり可哀相だなと思う。

だが、いくら哀しんでも、もうどうにもならない。

伊兵衛とは、やはり一期一会の、儚《はかな》い縁だったのである。

(二)

文蔵は房吉を連れて、杉森稲荷神社へ来ていた。

昨日新吉が襲われたとき、そこに屋台店を出していたという親父は、今日も飴細工を並べて商売をしていた。

文蔵はあれこれ細かいことまで聞いたが、親父は頼りない顔で、

「あっしも突然でしたからね、二人の女がなにか叫んでいたのは知っているんですよ、でもねえ、なんと言ったのか、そこんとこはまるっきり覚えてねえんで」

と言うだけだった。

「顔は覚えてるだろう、二人の女の?」

「へえ、見れば分かりますが、まだ二十歳《はたち》か二十三、四で——あれは姉妹じゃねえん

ですかね、よく似てましたぜ」

「どんな格好をしていた？」

「普通の着物姿で――あ、そう言えば二人とも襷《たすき》をしてましたね」

「襷掛け――ふーん」

そこで二人の話は途切れた。

文蔵は「また来る」と言って、屋台店を離れた。

要するに新吉は、姉妹らしい女に誰かと間違われ、此処で襲われたのである。

二人とも襷をしていたというから、初めから新吉を狙って付けて来たと思われる。

「よほど新吉は、二人が狙っている男に似ていたんだな」

文蔵は頭を傾げたが、一体どこで二人の女に間違われ、後を付けられたのか。

昨日訪ねたおくめの家は、人形町通りに面した長谷川町《はせがわちょう》にあるから、杉森稲荷神社とはあまり離れていなかった。

新吉は別に寄り道はしていなかったというから、杉森稲荷とその前の新道、そして人形町通りを当たれば、二人の女の居場所は突き止められるはずである。

「仕方がねえ、庄助屋敷《しょうすけやしき》の裏通り、杉森新道、そして人形町通りをしらみ潰しに洗うしかねえ」

文蔵は、左手に持った十手で首筋を叩《たた》きながら、そう言った。

伊兵衛は南小田原町にやって来ていた。

トキは、おさわの遺品を整理しながら待っていた。

「玄朴先生のところにはもう行ったのかね」

伊兵衛が声をかけると、これから出掛けて明日早朝に上総へ発《た》つ、という返事だった。

長屋のみんなにも挨拶をして、おさわの遺品の中から半襟や帯など、一つずつ分けてやったということだった。

「わたしは位牌《いはい》と、姉が使っていた三味線を持って帰ることにしました」

とトキは言った。

伊兵衛は、これでおさわの形あるものは、全部江戸から無くなってしまうのだな、と思った。

後は伊兵衛の心の中に残っている、おさわの思い出だけである。

おさわの愛用していた三味線は、トキの家でどんな扱いを受けるのだろう。

伊兵衛の脳裏には、ポツンと置かれてそのままの三味線が浮かんだ。

「明日は送ってやりたいが、そうもいかないのだ」

「そんな恐れ多い。わざわざ送って頂くなんて」

トキは急に居住まいを正すと、

「生前は姉が一方ならぬお世話になりまして、本当にありがとうございます」

と丁寧にお辞儀をした。

「いや、そう言われるとわたしも恐れ入る。おさわと知り合い、深い仲になったのも、何かの縁だ」

伊兵衛はそう言いながら、もっともっとおさわとのことを、トキと話すことがいっぱいあるような気がしたが、口から出たのはそれだけだった。

トキは大家に挨拶をし、元結長屋のみんなとも別れの言葉を交わして、町木戸を出た。

町木戸の外で待っていた伊兵衛は、玄朴の診療所までトキを送って行った。

二人はずっと無言だった。

伊兵衛はトキの横顔を見やりながら、やっぱり姉妹だな、と思った。

そっくりではないけれども、トキの横顔はおさわに似ていた。

明日の早朝、一人で上総へ帰って行く姿を想像すると、いつの間にか、その姿がおさわと重なって、伊兵衛に深い感慨を与えた。

「暇があったら手紙をくれないか。わたしも書こう」

伊兵衛は言った。

「はい」

トキはそれだけしか答えなかった。

伊兵衛はトキに手紙を書くことで、おさわと一緒に過ごした月日を、いつまでも記憶にとどめたいと思った。

本願寺橋でトキと別れると、その足で組屋敷へ向かった。

初冬の日差しが翳《かげ》り、長い影法師が足元から延びていた。

伊兵衛はふと、文蔵のことを思い遣った。二人の女のことは、どうなったのだろう。もし突き止めたなら、すぐに連絡があるはずであった。

〈俺も不熱心になったな〉

と思う。

おさわのことはあったが、それにしても仕事に身が入らなくなっている。

〈やはり隠居か〉

と本気で考えてしまう。

組屋敷に帰ると、わざと普段の顔をして萩乃と向かい合った。

「あなた、どうなさったのですか？」

「何が？」

「何がって、御存知ないと仰るのですか？」

萩乃の顔は、重大なことを裏切られたように、気色ばんでいた。

「知っている。理恵が男の子を産んだのだろう」

「んまあ、それでよくそのような平気な顔をして――」

萩乃の顔は、本当に呆れ顔であった。

彼女にしてみれば、初めての内孫であり、しかも男の子が生まれたのだから、もっと感激的な場面を想像していたのに、伊兵衛ときたら全く無感動に見えたのだ。

「嬉しくないのですか？」

「馬鹿を言え、孫が生まれて怒る親がいるものか」

「だったらもっと、嬉しそうな顔をしなさいよ。すぐ理恵さんにも『おめでとう』を言って」

伊兵衛はそう言われると、ますますむすッとした顔をした。

心の中には嬉しいという気持ちが溢《あふ》れているのに、何故《なぜ》かそれが表に出ないのである。

〈俺は臍曲《へそま》がりなのだ〉

と思う。

さっきまで、おさわのことを思い、トキと別れたばかりなのに、今度は孫の顔を見て恵比須顔は出来かねるのである。

それに、生まれたての孫と寝ている理恵の顔と、どう対面したらいいのか分からないのだ。

なんだか急に理恵の顔が偉く見えて、自信と誇りに満ちた眼で見返されたら、一体どんな言葉をかけたらいいのだろう。

新一郎が慌ただしく家に入って来ると、

「父上、帰っていたのですか」

と弾んだ声を出し、

「すぐ来て下さい。いま眼を開けているのですよ」

と言った。

するとは萩乃が、

「父上はね、さっきから——」

と言いかけ、伊兵衛は慌てて、

「余計なことを言うな」

と立ち上がり、

「いま行こうと思っていたところだ」

そう言って、新一郎を押し出すように出て行った。


翌日になると、文蔵はまだ片手を吊った新吉と杉森新道へ来ていた。

「慌てることはねえやな、俺の見込みが外れてなきゃ、二人の女はきっとこの界隈にいるはずだ」

文蔵はそう言い、房吉、嘉助も動かして、一帯の店や長屋を洗った。

しかし、午後になっても二人のことは杳として分からなかった。

四人は『めし』と看板を出した店に入り、煮物や味噌汁と丼飯を食いながら、いろいろ話し合った。

「俺は敵討ちじゃねえかと思うんだよ」

と新吉が言った。

「あんな物騒な女が二人、このあたりに前から住んでるとは思えねえ」

文蔵はそれに対して、

「それじゃ、どこかに家を借りているということになるが、どの大家だってそんな女は知らねえと言ってるぜ」

と言った。

「此処に住んでるとは限らねえだろ」

新吉は自分の考えに拘った。

「よそに住んでたら、長谷川町から帰るおめえとどうして行き合うんだい？」

「思いがけなく通りでばったり出くわしたのかも知れねえ」

「どうも腑に落ちねえな」

文蔵は首をひねった。

「新材木町《しんざいもくちょう》の大家が言ったでしょう、近頃評判の豆腐屋の娘、たしか二人だと言いましたぜ」

房吉が横から口を出した。

その豆腐屋は長谷川町にあるのだが、豆腐屋の娘が突然刃物を振り回すなんて、そのときは考えられなかったけれども、改めて言われてみると、その二人の娘を当たってみない道理はなかった。

「そう言や、近頃評判の娘と言ったな。ということは、どこかよそから来たのかも知れねえ」

文蔵の顔が急に生き生きして、四人は急いで飯をかき込んだ。

長谷川町には豆腐屋が二軒あって、その一つは人形町の通りにあり、もう一つは大《お》門《もんど》通《お》りに面していた。

文蔵らは、おくめの家に近い豆腐屋に行った。

店の戸は閉まっていて、商売をしているようには見えなかった。

新吉と文蔵が裏に回ると、もう六十歳近い親父が所在なげに煙草《たばこ》を吸っていた。

「おい、親父さん」

文蔵が声をかけると、親父は胡散臭《うさんくさ》そうな顔を向けた。

「おめえさんとこに、二人の娘が居たはずだが、どうした？」

文蔵がそう言うと、

「戻って来ねえんだよ」

と親父は顔の前で手を振った。

「戻って来ねえって、どこかへ出掛けたのかい？」

新吉が尋ねると、

「知るもんか。一昨日《おととい》俺が戻ってみると、二人とも煙のように消えちまっていたんだい。ふん、全く他人は当てに出来ねえ」

親父は面倒臭いのか、それとも、二人の娘に去られてがっかりしているのか、力のない声で言った。

それによると、およそ半年前、女房に死なれて、親父が店をたたもうとしている矢先、二人の娘が飛び込んで来た。

豆腐造りを手伝うから、是非店を続けてくれと頼んだ。

二人は姉妹で、生まれは下野国烏山藩《しもつけのくにからすやまはん》だと言い、父親が死んだので豆腐屋が出来なくなり、姉妹で江戸へ出てきたのだという。

「二人でも豆腐屋は出来るじゃねえか」

と言うと、実は父親が博打《ばくち》好きで借金が積もり、土地には居られなくなったのだと答えた。

それじゃ暫《しばら》くやってみよう、ということになり、始めるとこれが馬鹿あたりで、親父は元気百倍、また振り売りを始めたのである。

ところが一昨日、午後の振り売りから戻ってみると、二人とも店から消えていて、待てども待てども帰らず、

「ご覧の通り、豆腐屋はもうおしめえよ」

ということになったのである。

「全く、何がなんだか分かりゃしねえ。風のように現れて、煙のように消えちまった」

親父は、すっかり落胆して言った。

「それだけかい。他になにか言ってなかったかい？」

文蔵が尋ねると、

「いや、店の銭には手を付けてねえし、何にも――」

と言いかけ、ふっと思い出したように、

「そう言やあ、仕事が終わると毎日、二人でどこかへ出掛けてたな、ありゃあ何処へなにしに出ていたんだろう」

親父は急に頭を傾げた。

「午後の振り売りというと、俺がちょうど杉森稲荷で襲われた時刻だ」

新吉が言った。

二人の女のことはあらまし分かったが、おそらく、店先で新吉を見かけ、誰かと間違えて慌てて追ったのだ。

「親父さん、その姉妹の名前は何というんだい？」

「姉がおしまで、妹がおふみというんだよ。いい子たちだったんだがねえ」

豆腐屋の親父は懐かしむように言った。

文蔵らは、これからは消えた姉妹を追わねばならなかった。


だがその頃、南町奉行所におしまとおふみが現れていた。

応対に出た番方の同心は、二人の話を聞き始めたが、途中で奥へ引っ込んだ。

二人の話の内容が、番方ではどうにもならなかったからである。

代わって話を聞いたのは、矢田部謹之助であった。

「二人は敵討ちに出たということだが、詳しく話を聞こう」

と言うと、姉のおしまが話を始めた。

一年近く前の早朝、豆腐を作っていた父親の茂作《しげさく》が、誰かに斬り殺された。

たった一太刀の見事な腕前であった。

遺されたおしまとおふみの二人は、必死になって斬った相手を探した。

顔見知りの者が協力してくれ、斬られた原因は博打だと分かった。

珍しく駒札を積んだ茂作は、周りの「少し融通してくれ」という頼みを断ったが、それで恨みをかったらしい。

「斬ったのは侍だよ。そのときに居た守田勘兵衛《もりたかんべえ》だ」

と協力者の一人が言った。

守田勘兵衛は日頃から素行が悪かったが、腕が立つので面と向かって諌《いさ》めるものが居らず、ときどき賭場にも顔を出していたというのだ。

おしまとおふみは、ひそかに守田勘兵衛を探ったが、そのときすでに、勘兵衛は烏山藩を脱藩し、出奔《しゅっぽん》した後だった。

二人は父親が背負っていた借金もあり、仇討ちの免許状も受けることなく、勘兵衛を追って江戸へ出た。

江戸で勤番を勤めた武士から、町人姿になった守田勘兵衛を見たという話を聞いたからである。

江戸へ着いたおしまとおふみは、江戸の賑やかさにうろうろするばかりだったが、ある日、豆腐屋を閉めようとしている店を見つけて、夢中で飛び込んだ。

店の主人と三人で、豆腐屋を続けて行こうというわけである。

それから半年、二人は一生懸命に働きながら、暇をみては町人姿になっているという勘兵衛を探し歩いた。

そして一昨日の午後、店の前をぶらりと歩いている勘兵衛を目撃したのである。

二人はこれぞ神のお導きと雀躍《じゃくやく》して、勘兵衛の後を追い、杉森稲荷神社の境内で名乗りを上げ、短刀で襲いかかったのであった。

ところが、返り討ちを覚悟していた二人の姉妹は、あまりにも頼りない守田勘兵衛に驚いた。返り討ちどころか、呆気なく逃げて行ったのである。

大騒ぎを起した二人は、そのまま通旅籠町へ引き揚げ、成り行きの不自然さに首をひねった。

「あの男、守田勘兵衛ではないかも分からない」

と姉のおしまが言った。

妹のおふみも同じ意見だった。

逃げて行った男は武道の心得もなく、二人を見返した眼が、なにがなんだか分からない事情をしていた。

世の中には同じ顔をした人間が三人は居るというが、二人は勘兵衛そっくりの男を襲ったのであった。

二日のあいだ、おしまとおふみの姉妹は、旅籠の一室で考え込んだ。

見知らぬ他人を傷つけた以上、このまま豆腐屋に戻るわけにはいかない。それに悪いことには、自分たちが傷つけた男は、町方役人の手先だという噂が耳に入った。

おしまとおふみは決心し、今日名乗り出たという次第であった。

「ふむ、なるほど」

聞き終わった謹之助は、二人が新吉を襲った二人の女だと知った。

「ところで、二人はこれからどうする積もりだ」

「はい、もし出来ることなら、また豆腐屋で働き、本当の守田勘兵衛を探したいと思います」

と姉のおしまが言った。

「暫時待っておれ」

謹之助は言うと、席を立った。

出来ることなら、罪を問うことなく、このまま帰したいと思い、年寄同心に相談をしたのだが、

「与力に相談をするまでもなかろう」

という意見なので、姉妹は長谷川町の豆腐屋へ帰すことにした。

敵討ちに関しては、それが実行されて、町奉行所に届けが出されるまで、町方役人の出番はないのである。

（三）

夕刻、伊兵衛が外回りから帰って来ると、謹之助はすぐ昼間の話をした。

「おぬしが居なかったのでな、仕方なく事後報告だ」

と言うと、伊兵衛は、

「そうか、町奉行所に名乗って出たのか」

そう言って、ほッとした顔をした。

「新吉のところへは、お詫びに行くように言っておいたよ」

「それはいいのだが、少し無茶だな」

と伊兵衛は言った。

「何が無茶なのだ？」

「敵討ちだよ。そんな娘二人に守田という男が討てるわけがない」

「わしも同感だが、致し方ない」

「女というのは、分からない生き物だ」

「うむ」

と謹之助は少し神妙な顔をした。

伊兵衛はもしかしたら、死んだおさわのことを言いたかったのかも知れない、と思ったのだ。

「ほんとに得体の知れない生き物だよ。弱そうに見えて、男などよりずっと強《したた》かに生きてる」

「そうかな」

謹之助は取り敢えずそう答えた。

「理恵だってそうだ。わしはあの子の、もう一つの顔を見た気がした」

「ほう、理恵はそんなに強いか？」

「強いというか、立派というか、人間としてしっかり足が地についている」

「いやに褒めるな」

「子供を産んだ夜、わしはそのことをはっきりと見せつけられた。ああ、女って凄い生き物だなと」

謹之助は黙っていた。

「理屈ではないのだ。一つの身体が二つになる。もしかしたらそこに死が待ってるかも知れないのに、あの平然とした、静かな笑顔は何だろう。傲慢でもなく、不遜《ふそん》でもない。日常の一こまなのだ」

「それが女というものではないか」

「そう、それが女なのだ」

伊兵衛は言葉を区切って、

「おさわもそうだった」

と言い、

「妻の萩乃だって、そういう風に生きて来たのだ」

と締めくくった。

「今更気付いたのか、昔から女はそうやって生きて来たのだ」

「そう。おぬしは、それが凄いこととは思わぬか」

「思わぬこともないが、まあ、それが世間の女というものだろう」

謹之助は少し辟易《へきえき》したように言った。

伊兵衛は間をおいて、ため息のように、

「少し感傷的かな」

と自嘲するように笑った。

「それはそうと、一体いつ新一郎殿と家を取り替えるのだ？」

「ああ、そのことか――まあ、理恵の床上げがすんで、みんなでお祝いをして、それからの話だな」

「わしも屋敷の隅に、小屋を建てることになったよ」

伊兵衛はニヤリと笑って、

「利三郎殿も、まず無難に勤めているようだしな。われわれの引退の日も近いというわけだ」

「あははは、繰り返しだよ。人間、楽しいことも、苦しいことも、生きるも死ぬるも、みんな繰り返しだ」

謹之助はそう言って、また呵々《かか》と笑った。


長谷川町の豆腐屋では今日も、おしまとおふみの姉妹が午後の振り売りに備えて仕込みをしていた。

その二人の眼がふと通りを見て、びっくりしたように動きを止めた。

通りに立っていたのは新吉であった。

おしまとおふみは咄嗟にたじろぎ、眼は真っ直ぐ新吉を見返していた。

「どうだい、この俺の顔が敵《かたき》に見えるかい？」

新吉は冷やかすように言って、店の中へ入って来た。

その手には十手が握られていた。

「このあいだはすみません」

「この通りお詫びします」

姉妹はそう言って、慌てて頭を下げた。

「へへッ、いいってことよ。今日は俺の方から挨拶に来たんだ。また襲われたら困るからよ」

「そんな！　もう二度と間違えたりはしません。あのときは本当に申しわけありませんでした」

姉のおしまは恐縮しきっていた。

「ところで、おまえさん方が狙っている守田勘兵衛という男だがな、そんなに俺に似ているかい？」

「そりゃあもう、そっくりで――」

おしまは言った。

「俺は、鳥山藩のお屋敷へ行ったんだがな、聞くところによると、守田勘兵衛と町で出合った侍は、今は国許へ帰って、いないそうだ」

「ああ、そうでございますか」

おしまは、ちょっと怪訝《けげん》そうな顔をした。

「だがな、俺に話してくれた藩士は、同僚が守田勘兵衛を見たのは神田明神の前だったらしい、と教えてくれた」

「あの、あなたは一体――わたしたちの味方をして下さるんですか？」

おしまは言った。

「そうよ、身体を刺されたのも何かの縁じゃねえか。それが江戸っ子ってもんよ」

新吉は得意になって言ったが、相手が美人の姉妹だから愛想がよいのも、また江戸っ子だった。

「俺は、神田明神の界隈を徹底的に探すつもりだ。おまえさん方も暇があったら出掛けるといい」

「はい、ありがとうございます」

「ところで、守田勘兵衛というのはヤケに腕が立つそうじゃねえか。二人だけで大丈夫かい？」

「町人姿になっているというから、不意を襲えばなんとかなります」

今度はおふみが言った。

「何かあったら言ってくれ。俺の方にも腕なら引けを取らないお方が居るんだ」

新吉は、新一郎の顔を思い浮かべながらそんなことを言った。

だが、その夜、神田川のほとり、柳原通りで奇怪な事件が起こった。

時刻は夜中の四ツ半から九ツ頃と思われたが、二人の浪人が斬り殺されたのである。

二人とも三十前後で、一人はうつ伏せに倒れ、刀は手元を離れて一間ほど先に投げ出されていた。

もう一人は、鞘《さや》から半分抜いたままで仰向けに倒れて、ともに懐には一文の銭もなく、何者かに襲われたものと思われた。

南町奉行所は、鎌田八郎太と新一郎を現場に向けた。

斬り殺された二人の死体はそのままにしてあって、最初に見つけた夜鷹《よたか》も呼び出されていた。

「おめえは、この近くで商売をしていたのだな?」

鎌田は無遠慮に夜鷹に尋ねた。

夜鷹は、取り締まりに遇《あ》ったかのように恐縮して、

「あたしゃ昨夜《ゆうべ》は、一人も客を拾っていませんで——」

と言いかけた。

「おめえのことを聞いて居るんじゃねえ。この二人の浪人が斬られたときに、奇妙な叫び声を聞いたとか、怪しい人影を見たとかしなかったかと聞いているんだ」

鎌田は叱りつけるように言った。

「いいえ、あたしゃ何にも——本所の吉田町《よしだちょう》へ帰る舟が出るので、急いで此処へ来たらお二人が倒れてたんで」

夜鷹は答えた。

彼女のような最下級の女郎は、本所の吉田町を塒《ねぐら》にしている者が多く、みんなで舟で戻るところだったのであろう。

二人の死体を見るまでは、何の異常も感じなかったというのだ。

さっきから浪人の死体を眺めていた辰平は、新一郎に言った。

「殺した犯人は一人でしょうかね」

「分からんな。一人だとすると、刀は持っていなかったということになる」

新一郎はそう言いながら、改めて斬り殺された二人を見やった。

犯人は矢庭《やにわ》に一人の刀を奪い、斬り殺すと同時に、刀を抜こうとしたもう一人も斬ってしまったと思われるのだ。

死体から一間ほど離れたところに血刀があるのも、そう考えれば謎が解ける。

「よほどの腕ですね」

「そうだな。普通なら素手の人間が、二人の浪人を斬って捨てるなんて、容易な技ではない」

新一郎は妙に感心していた。

「この二人の懐には、一文の銭もないな」

鎌田が新一郎を振り向いて言った。

「賊は物取りですか？」

「分からん。しかし、斬り殺すからには何か目的があったはずだ。金以外になにがあるのだ？」

「そうですね」

新一郎はそう言いながら、二人の浪人のなりを見た。

刀は一本差しで、着物もかなりくたびれていた。

とても狙われるような金を持っていたとは考えにくい。

「博打だな」

鎌田はそう断定した。

「この近くの賭場で、珍しく勝って、その帰りだったのだ。違うか？」

「いや、言われる通りだと思います。賊もおそらく一緒にいたのでしょう」

「一人か、二人か――？」

「それが分からないのですが、二人だとすると、一人が刀を奪って斬り、もう一人が残りの浪人を斬った、ということになります」

「刀を奪った人間は、町人だったということになるが――」

「さあ、それはどうですかね。自分の差料が竹光だったということもありますよ」

「うむ」

鎌田は少し考え込んで、

「よし、此処で論議をしていても埒《らち》が明かない。二手に別れて、件《くだん》の賭場と、二人を斬った人間を探そう」

と言い、新一郎には斬った人間を探してくれと言った。

〈やれやれ〉と新一郎は思った。

斬った人間が一人か二人か、それも町人なのか武士なのか、全然分からないのである。

だが、辰平は意気込んだ。神田川一帯を虱潰《しらみつぶ》しに当たれば、不審な浪人やごろつきは何《いず》れ分かる、という信念を持っていた。

夜になり、新一郎がうちに帰ると、母親の萩乃が来ていた。

理恵が床についているあいだは、何かと萩乃が面倒を見てくれるのである。

「もうご心配は要りませんよ、わたしが大抵《たいてい》のことはやりますから」

と理恵が言うと、

「そんな遠慮はいけませんよ。産後は大事にしないと、取り返しのつかないことになりますから」

と萩乃は答え、毎日顔を出すのである。

新一郎は子供の寝顔を見ながら、

「名前を付けなきゃいけませんね、母上」

と言った。

「そうね。明日にでもみんなで考えましょうよ」

萩乃は楽しそうな顔をした。

新一郎は「あ、そうだ」と独り言をいって、母屋へ行った。

伊兵衛は本を読んでいた。

「何を読んでいるのですか？」

「ああ、なに黄表紙だ。矢田部殿が是非《ぜひ》読めというのでな」

「ほう、珍しいですね――ところで、浪人二人が斬り殺された事件ですが」

「うん、そなたと鎌田が担当になったそうだな」

「そうなんですよ。わたしが殺した人間を探すことになったんです」

「見当はついているのか？」

「いいえ、全然。辰平は張り切っていますがね」

「賭場の帰りだったというのは間違いないだろう。問題は殺した人間の方だ。武士か町人か、一人か複数か――一人だとすると相当の手練《てだれ》だな」

「父上はどう思われますか？」

「うむ。その前にそなたの考えをききたいものだ」

「わたしは二人だろうと思いますね。一人が浪人の刀を奪って斬り、同時にもう一人が自分の刀で斬った」

「刀を奪った男は身分は武士か町人か？」

「武士でしょう、町人にはあんな芸当は出来ませんよ」

「なぜ自分の刀で斬らない？」

「無腰だったのか、竹光を差料にしていたのか、そんなところでしょう」

「うむ――先日、新吉が娘二人に襲われたことがあったな」

「ああ、あの事件ですか。敵の男に間違われたという」

「その間違われた男は、下野の烏山藩の武士だがな、相当の手練で、今は町人の格好をしているということだ」

新一郎は考え込んだ。

腕の立つ武士が、今は町人の格好をして、江戸、就中《なかんずく》この神田界隈にいるということはどういう意味があるのか。

父上がこの際、見当違いのことを言い出すとは思われない。

となると、その町人の姿をした武士が、二人の浪人を斬ったとお考えなのか。

「気性も荒く、素行も悪いということだが、親の敵として狙われることになったのも博打が原因だ」

「そうすると父上は、その男が一人でやったと仰るのですか？」

「いや、ただそう考えてみてはどうかというのだ。腕の立つ男なら、刀を奪って二人の浪人を斬れるだろう。相手は町人だと思って油断しているのだからな」

「そうですね」

新一郎は伊兵衛にそう言われると、俄《にわか》にその男が犯人に思われてくる。

「守田勘兵衛という名だ。わしは敵討ちの手助けをするつもりはないが、そのような物騒な男を放っておくつもりもない」

「分かりました。明日からそのつもりで神田川一帯を探してみます」

新一郎はそういうと、寛《くつろ》いだ顔になって、

「ところで父上、子供の名前ですが、幼名は松太郎《まつたろう》というのはどうでしょう」

「松太郎——理恵と相談をしたのか？」

「まだです。父上や母上がそれでいいと仰るなら、理恵にも話そうかと」

「うむ、松太郎な——いいではないか、松太郎で」

「そうですか。では理恵に話して、松太郎に決めます」

新一郎は嬉しそうな顔をすると、そそくさと帰って行った。

伊兵衛はまた黄表紙を手に取ったが、読む気は起こらなかった。

謹之助が気散じのために勧めてくれたのだが、伊兵衛の心は今は何を読んだって、おさわのことを忘れることはない。

萩乃が戻ってきた。

「あの子はほんとにむずかりませんね。きっと大人物になりますよ」

「それは身びいきだよ。あんまり入り浸ると嫌われるぞ」

「妬いているのですか」

「馬鹿を言うな――名前は松太郎でどうだろうと言われたのだがな」

「松太郎、ですか」

萩乃は少し考えて、

「あなたはどう思います？」

「いいではないか。常磐は意思の強さを表すし、頑健な印象を与える」

「そうですね。では松太郎に決めて、理恵さんの床上げのときに発表しましょう」

萩乃はそう言って、床を延べるために居間を出て行った。

伊兵衛の心の中を知っていて、決しておさわのことは口に出さなかった。

次の日から、新一郎は神田川の周辺を虱潰《しらみつぶ》しに当たることにした。

昨夜、父親の伊兵衛の言っていることを聞いていると、二人の浪人を斬ったのは、間違いなく守田勘兵衛であると思えてくるから不思議であった。

新一郎の手先である辰平は勿論《もちろん》、文蔵や新吉もその手勢に加わった。

いのだ。

筋違御門《すじかいごもん》から浅草御門まで、神田川の領域を探すのだから容易ではない。

博打宿をさがしてる鎌田八郎太は、まだ目的を果たしていなかった。

博打宿が分かれば、もっと地域を絞れるのだが、それが分からないのでは仕方がな

「二手に別れよう」

と新一郎が言い、文蔵や新吉は神田川の北側を探すことになった。

斬り殺された浪人が住んでいた場所は勿論だが、二人を斬り殺して金を奪ったと思われる守田勘兵衛は、一体どこに住んでいるのか、文蔵らの恃《たの》みとするのはただ一つ、新吉にそっくりの男であった。

「妙な心持ちだぜ、自分と同じ顔の男を探すなんて」

新吉が言うと、文蔵はからかい半分に、

「なに言ってやんでえ、二人の娘のために喜んでやがるくせに」

と言うと、

「オットそれはねえぜ文蔵兄ィ、これは大事な町奉行所の仕事だ」

新吉は意外に真面目な顔をした。

人を探すのに長屋全部を回る必要はない。自身番や木戸番を訪ねれば、その長屋の

ことはすべて分かる。

文蔵と新吉は各自身番で長いこと時間を潰したが、まだ殺された浪人や守田勘兵衛の住まいを見つけることは出来ていなかった。

二人の浪人が斬られた場所は、和泉橋《いずみばし》の袂《たもと》近くであるから、和泉橋を渡るはずだったのか、あるいは浅草御門に近い新シ橋を通る予定だったのかも分からなかった。

内神田の方を回って博打宿を探していた新一郎と辰平は、午後の七ツを過ぎる頃、ようやくそれらしい家を捜し当てた。

柳原土手で古着を商っている男が、

「旦那、豊島町《としまちょう》の風呂屋の二階ですよ」

と密告してくれたのである。

柳原土手で古着を売っている者は、盗品を扱わなくてはやっていけないから、普段から町方には協力的なのである。

新一郎と辰平が件の風呂屋へ行くと、主人は空惚《そらとぼ》けて、

「うちの二階ではそんなことはしませんよ」

と言ったが、新一郎らが二階に上がると、碁や将棋、花札などが置いてあるだけだったが、大勢で博打をやっていた気配も確かにあった。

「おい親父、今日は博打のことで来たんじゃねえんだ。客で来ていた浪人のことで来たんだよ。惚けてると大番所に来て貰うことになるぜ」

辰平が言うと、浪人が斬り殺されたことは知っている主人は、後で騒ぎになっては面倒だと思ったのか、

「和泉橋の袂で斬られた二人のお侍は、確かに賭場に顔を出していました」

と白状した。

豊島町が博打宿だったら、近くの新シ橋を渡るはずだが、わざわざ和泉橋へ向かったところをみると、二人の浪人の住まいは川の北側、和泉橋の付近ということになる。

「二人の浪人が帰るとき、一緒にくっついている奴が居たはずだが」

新一郎が言うと、

「さあ、そこまでは――」

と主人は首をひねった。

「浪人はその晩、儲《もう》かったのかい？」

辰平が聞くと、一人が珍しくついていて、十両近く稼いだはずだと主人は答えた。

「殺した野郎は、その金が目当てだったんですよ」

辰平がそう言い、新一郎らはすぐ神田川の北へ向かった。

（四）

その日の夕刻、文蔵や新吉と合流した新一郎らは、神田佐久間町《さくまちょう》一丁目、柳屋敷の裏側にある長屋で、二人の浪人の住まいを発見した。

一人は杉原《すぎはら》と言い、もう一人は迫田《さこた》という浪人であった。

最初は、二人は佐久間町で手習い塾を始めたが、どういうわけか子供が集まらず、最近は看板を下ろしていたという。

「あの二人は、人にものを教えるという人間じゃありませんよ」

と近所の女房は言った。

人に習字を教えるには倒書といって、子供のために文字を逆さに書く修練が必要なのだが、杉原と迫田には全くその心得がなく、俄師匠で、子供たちは近所の手習い塾へ去ってしまったのである。

長屋からも追い立てを食っていたから、博打で儲けた十両は、天にも昇る歓びだったはずなのに、金と一緒に生命まで取られてしまったのである。

哀れな浪人のところに出入りしていた男のことを尋ねたが、誰もそんな男の存在は知らなかった。

しかし、杉原や迫田が博打の世界に足を踏み入れるためには、誰かその道に詳しい人間が居るはずである。

新一郎らは、暗くなるまで一帯を探索したが、そんな男の気配は全くなかった。

新一郎はその男こそ守田勘兵衛だと信じていた。新吉にそっくりの顔をした勘兵衛が、町人姿でどこかに潜んでいるはずだった。

夜、屋敷に戻って父親の顔をみると、

「二人の浪人のことは分かったのですがね、肝心の斬った男は全く浮かんで来ないのですよ」

新一郎は言った。

「烏山藩の武士は、神田明神の近くで遇ったと言ったそうだが、あの一帯にも住んでないのか」

「住んでいません。自身番を回ってもそれらしい男は見つからないんです」

伊兵衛は暫《しばら》く考えてから、

「口入れ屋を当たったらどうだろうな」

と言った。

「口入れ屋——？」

新一郎は瞬間、えッという顔をした。

「もしその男が守田勘兵衛だったら、顔つきも分かっているし、すぐに炙《あぶ》り出せるはずだがな。それでも分からないってことは、武家屋敷にもぐりこんでいるのかも知れない」

「しかし、武家屋敷に奉公に上がっているとしたら、夜の夜中、そんなに自由に行動できますかね」

「なーに、この頃の旗本と来たらいい加減なものだよ。門番と話がついたらいつでも自由だ」

「そうですね。姿や名前を変えて住みこんでいるかもしれませんね」

新一郎は、また父上に借りが出来たと思いながら、立ち上がろうとした。

「新一郎」

「はい。なんですか？」

「理恵の床上げがすんだら、そなた達が此処に住め。わしらが家作の方に移る」

「ええッ、母上もその意見なのですか？」

新一郎は、今夜も孫にかまっているらしい萩乃のことを思った。

「あれとはもう話はついてる。そなた達が弥助と四人で母屋に住め」

「そうですか」

新一郎は、父親がもうすぐ引退をするのだと思ったが、口に出しては言わなかった。


明くる日、新一郎は伊兵衛の言った通り、内神田一帯と川の北側の口入れ屋を当たって回った。

辰平、文蔵、新吉らも手分けして回った。

「名前は守田勘兵衛というんだが、おそらく別の名前を使っているだろう」

新一郎は、新しい口入れ屋を当たるたびにそう言った。

およそ一年前に下野国から出てきて、年齢は三十歳くらい、元は烏山藩の藩士で、相当の手練である、そう付け加えなければならなかった。

便利なのは新吉で、

「俺の顔にそっくりの男だ」と言えばよかった。

夕方近く、その新吉と嘉助が、とうとう探している口入れ屋を見つけた。

「親分の顔を見て思い出した。わたしが身元を保証して、あれは誰だっけな——」

口入れ屋は帳簿をめくろうとして、

「そうだ、中田《なかた》熊之助《くまのすけ》という旗本だな、間違いない」

と言った。

「どこの旗本だ？」

「新シ橋を渡った、医学館の近くだよ、たしか五千石だと思ったな」

口入れ屋はそう答えた。

新吉は雀躍《じゃくやく》して、三・四の大番屋へ戻った。

文蔵や辰平はまだ帰っていなかった。

医学館の近くで、中田熊之助という五千石の旗本の屋敷に、守田勘兵衛は奉公しているのだ。

新吉はすぐにも、おしまとおふみの姉妹に伝えたいと思ったが、守田勘兵衛は今では町奉行所のお尋ね者である。

姉妹が敵《かたき》を討つ前に、町方としては守田勘兵衛を人殺しとして捕らえなければならないのだ。

文蔵と辰平が疲れた足どりで帰って来た。

「足を摩《さす》ってる場合じゃねえぜ。守田勘兵衛の居所が分かったんだ」

文蔵と辰平は、ええッという顔で新吉を見返した。

新吉は得意になって、中田熊之助という旗本の話をした。

「それじゃおめえ、今夜にも新一郎旦那に話して――」

辰平はそう意気込んだが、

「相手は五千石の旗本だし、夜に行ったってどうしようもねえぜ」

新吉が言うので、明日の朝早く、日下家へ誰かが走って報告することにした。

守田勘兵衛は三人も人を斬った非情な男である。しかも今は旗本屋敷に奉公している。

どうやって捕縛するのか、文蔵らには頭の痛い話であった。

翌朝、家で報告を聞いた新一郎は、

「父上、守田勘兵衛の居所が分かりました」

と伊兵衛に伝え、中田熊之助のことを言った。

相手が五千石の旗本では町方には手は出せない。町奉行所から御目付《おめつけ》に書面で伝達されて、御目付の方から中田熊之助に「町奉行所に引き渡すように」との指示があり、守田勘兵衛を町方に引き渡すことになるのである。

「五千石というと大身だな。たとえ御目付に捕縛のお願いを出しても、決して油断をするな」

伊兵衛はそう注意した。

「中間奉公の男でも、旗本はそんなに庇《かば》い立てをするのですか」

「なに、詰まらぬ面子に拘《こだわ》るのだよ」

「分かりました」

新一郎はそう言って出仕して行った。

伊兵衛は守田勘兵衛のことを思い返していた。

今ではすっかり犯人を守田勘兵衛だと思っているけれども、誰も現場を目撃しているわけではないのだ。

おしまとおふみの姉妹の話で、茂作という豆腐屋を斬ったのはたしかに守田勘兵衛なのだが、二人の浪人を斬ったのが同じ人間なのかどうかは、推量でしかないのだ。

〈間違っていたって人を斬ったことは確かなのだ〉

伊兵衛はそんなふうに腹をくっていた。

南町奉行所からは御奉行の名で書状が出され、その日のうちに、御目付から中田熊之助に対し、「守田勘兵衛なる者を町奉行所に引き渡せ」という指示があるはずであった。

新一郎は辰平、文蔵、新吉の三人を三・四の大番屋に集め、中田熊之助の屋敷を見張らせることにした。

「表は勿論だが、屋敷の裏門もしっかり見張るのだ」

「守田勘兵衛は直々に引き渡されるんじゃねえんですかい」

文蔵が尋ねた。

「当然、町奉行所に連絡した上で引き渡されるのが筋道だが、こっそり裏から逃がして、此処にはもう居ないということもあり得る。中田様の性格にもよるが、言うなれば旗本の面子だ」

新一郎は伊兵衛の真似《まね》をして、そう言い放った。

南町奉行所では、御目付からの返事が今日のうちに届くものと考えていたが、その知らせはなかった。

夕刻になって、新一郎は苛々《いらいら》していたが、伊兵衛は自若《じじやく》としていた。

中田熊之助はたまたま登城していて、御目付から口頭で事の次第を聞かされ、「心得申した」とその場は取り繕い、屋敷に戻ってぐずぐずしているのかも知れない。

矢田部謹之助に話しても、

「そうかも知れぬ。屋敷から罪人を出すのは嫌なものだからな」

と答えた。

だが、その日の夜、中田熊之助の屋敷の裏門で、予期せぬ一大事が起こった。

見張りのために詰めていた新吉と嘉助は、裏門が音もなく開いて、黒い影が忍び出るのを見た。

急いで近寄った新吉は、自分と同じ顔の人物を眼にした。

脇差しを差した町人姿の守田勘兵衛であった。

「何者だ?」

守田勘兵衛は自分の方から口を切った。

「へへへッ、どうやら人違いで」

新吉はそう言って踵《きびす》を返そうとした。

「待て!」

勘兵衛は言うなり、腰に差した脇差しに手をかけた。

「逃げろッ」

新吉は嘉助をせき立て、その場から逃げようとした。

勘兵衛の脇差しが鈍く光った。

抜き打ちを食った嘉助は、「うッ」と小さく呻《うめ》いてその場に倒れた。

「嘉助！」

新吉は叫んだが、迫る勘兵衛の刀から逃れるのに必死だった。

表門の方に居た文蔵と辰平は、つんのめりそうに駆けて来た新吉を見た。

「嘉助が——嘉助が斬られた！」

新吉はそれだけ言って、すぐ後ろを振り向いた。

追って来る守田勘兵衛の姿はなかった。

「守田勘兵衛か⁉」

文蔵が怒鳴った。

「嘉助を斬って逃げた！」

新吉の眼はつり上がっていた。

辰平が弾かれたように駆けだした。

文蔵や房吉、忠平、そして新吉がその後を追った。

裏門のところにはもう守田勘兵衛の姿はなく、嘉助が仰向けに倒れていた。

「おいッ、嘉助！」

文蔵が駆け寄ったが、嘉助はもう息はなかった。腹を一太刀で裂かれ、腸《はらわた》が飛び出していた。

文蔵らは咄嗟に声が出なかった。

「嘉助ッ」

新吉は叫んで、嘉助の顔を両手で抱えた。

「許してくれ嘉助――俺が悪かった。俺がもっと早く――勘弁してくれ嘉助！」

新吉はそう言いながら、死んだ嘉助の顔を撫《な》で回していた。

嘉助の通夜は、雲母橋の新吉の旅籠で行われた。

生まれは下総《しもうさ》国で、父と母が相次いで死に、姉と二人で江戸へ出て来たが、三年前にその姉も無理がたたって亡くなっていた。

一人で途方に暮れていたのを、新吉が拾ってやったのである。

嘉助はそのことで新吉に恩を感じ、陰日向なく働き、とても元気な若者であった。

伊兵衛と新一郎も通夜に出席した。

「嘉助が天涯孤独とは知らなかった」

伊兵衛はポツリと言ったが、胸のうちは守田勘兵衛に対する怒りで、煮え返るようであった。

旗本の中田熊之助は、午前中に御目付から指示を受けていた。使者の徒目付《かちめつけ》が、守田勘兵衛なる者を南町奉行所に引き渡すように、直接伝えていたのである。

中田熊之助はすぐに動かなかった。たとえ下郎奉公の人間とはいえ、旗本の屋敷から咎人《とがにん》を出すのは面子に関わる、そう考えて、夜の闇に紛れて勘兵衛を逃がそうとしたのである。

だが勘兵衛は非情な悪党であった。

犠牲になった嘉助は、南町奉行所の表だった沙汰のないまま、新吉の旅籠で線香の匂いに包まれていた。

〈嘉助、この仇は必ず取ってやる〉

伊兵衛は口にこそ出さないが、心に深く誓っていた。

文蔵、辰平、新吉らは、嘉助の人となりや日頃の元気さを語っていた。

通夜が終わり、翌日の葬儀にも中田熊之助からは何の音沙汰もなかった。

五千石の旗本が、たかが岡っ引の子分が死んだくらいで、弔意を表すことはあり得ないが、嘉助の場合は特別であった。

嘉助の背後には町方の役人が居り、その役人は町奉行所に属しているのだ。

伊兵衛は、下郎奉公の男が屋敷から抜け出そうとし、裏門の外で人を斬ったのだから、雇用主には関係がない、という中田熊之助の態度が気に食わなかった。

南町奉行所の方も、事件に対して全く抗議の意思を表さなかった。

それは公式的には、御用聞きの者達を認めていないという理由からだが、一方の中田熊之助もまた、公儀からお咎めを受けることはなかった。

伊兵衛は自分でも奇妙に思うほど、嘉助の事件では依怙地《いこじ》になっていた。

嘉助は確かに取るに足らない下っ引だが、その死をめぐっては身分や、世の中の確執、本音と建前、武家社会の傲慢、そういった問題が渦巻いていた。

〈俺には許せない〉

伊兵衛はどうしても依怙地になってしまうのである。

普通ならもうすぐ引退をするのだから、どうでもよいと思いがちだが、伊兵衛の場合はその逆であった。

大きな体制に刃向かうのは子供じみている、と自分でも思うが、性分だからどうしようもない。

いや、性分だけではなく、おさわを失った空虚さを、こうして体制に刃向かうことで癒《いや》そうとしているのかも知れない、と自分で思う。

少し前に、おさわの墓にお参りしたとき、まだ木のままの墓標の前で、いろいろな感慨に耽《ふけ》ったことを思い出す。

木の墓標は、てらてらと日に晒《さら》されていて灰色になっていた。

町のざわめきが微かに聞こえる。

ほんのこのあいだまで、おさわという小粋な女が生きていたことを、早くも世間は忘れようとしていた。

人はどんどん生まれ、どんどん死んで行くから、世間は目まぐるしく変り、人も入れ代われば、世の中も交代して止まない。

おさわという一人の女のことを、いつまでも覚えているほど世間は悠長ではないのだ。

〈おさわ、人間は儚《はかな》いなあ〉

と年甲斐もなく思う。

儚いのは俺も同じだ。そう考えると、己《おの》れのなかの鬱勃《うつぼつ》としたものをやり遂げて死にたい、と考えるのである。

（五）

理恵の床上げの日が来た。

隣の喜代は久し振りの手伝いで、萩乃と賑やかにお勝手で働いていた。

夫の吟味方である池田八十平も、仕事を早く切り上げて来るはずであった。

理恵は珍しく朝風呂に行き、妹の芳江と義姉の初も顔を出した。

母屋は襖《ふすま》を取り払い、沢山の客を迎える用意がしてあった。

近所で商いをしている人々は、

「本日はおめでとうございます」

といろいろな物を届けた。

どこから聞きつけたのか、遠くの商人までがお祝いの品を持って来た。

日下伊兵衛の、常々の評判の高さを知るのにまたとない機会であった。

妻の萩乃も、「こんなに戴きものをして」と困惑の表情を作りながらも、内心では鼻が高かった。

夫の伊兵衛が、日頃はムスッとしていながら、町方役人としては優れた人物なのだと、素直に認めないわけにはいかなかった。

「お名前は、松太郎ですってね」

膳を並べながら芳江が言った。

「そうよ、もう少し柔らかい名前がいいんだけど」

と初が答える。

「あら、いいじゃありませんか、強くて気高くて」

と芳江が主張すると、初は年上らしく、

「そう言えばそうね」

と折れた。

朝風呂から戻った理恵は、念入りに化粧をした。久し振りだった。夫ともうすぐ母屋に移る。

日下家も、これで伊兵衛の時代から新一郎の時代になるのだ。

理恵は改めて自分の仕合わせを思った。馴れ初めはどうであれ、新一郎という人物の妻になり、松太郎が生まれた。

舅《しゅうと》の伊兵衛も、姑の萩乃も、優しく自分を大事にしてくれる。

実家の父も母も、そして妹も、みんな達者で暮らしている。

これ以上、何を望むことがあろうか、と考え、ふと、おさわという女のことを思った。

舅の伊兵衛は今どんな気持ちでいるのだろう。妻は妻として大事に思いながら、おさわという女と出合い、道ならぬ恋に落ちて、妻を苦しめながらその恋を通した。人はその行為を謗《そし》るかも知れない。だが理恵は二人の気持ちが分かる気がした。恋は思案の外である。自分だって新一郎と恋仲のとき、世間の誹謗《ひぼう》や中傷と戦ったではないか。

人は結婚していようが居まいが、抗《あらが》い難い恋に身を焼くこともあるのだ。誰と暮らすか、どんな環境を選ぶか、それは人それぞれに違うだろう。舅の伊兵衛が立派だと思うのは、おさわという女の最期を、立派に看取ってやったということであった。

夕刻になって、続々と客がやって来た。

隣家の池田八十平がくる。

例繰方の赤沢小左衛門《こざえもん》と吟味方の後藤庄二郎《しょうじろう》も、連れ立って来る。

この二人も今では、将来を嘱望された若手の役人である。赤沢は二人目の子供が生まれて、後藤も一人の父親であった。

伊兵衛は二人を見るたびに、若いということは素晴らしいな、と思う。闊達《かったつ》で挙動が自信に満ちていた。

矢田部謹之助も妻のまつと来た。

一緒に芳江と夫の利三郎も来る。

北町奉行所の与力で、利三郎の父親である堀田清左衛門も来る。

今日は役所にいるときの顔とは違い、ニコニコと笑った親しみ易い顔である。

初の夫の小田切仙三郎も来る。相変わらず悠長な面構えである。

そして医者の佐藤玄朴もやって来る。

伊兵衛は丁重に迎えた。

「その後はご無沙汰を致しまして」

と伊兵衛が言うと、

「なに、お互いさまですよ」

と正面に坐《すわ》らされた理恵を見やって、

「ほう、まさに鬼も惚《ほ》れるという美しさですな」

そう言って、眼を細めた。

伊兵衛はその鬢《びん》に白いものを見て、一瞬、胸が塞《ふさ》がる思いがした。

新一郎は少し舞い上がっていた。

みんなに挨拶《あいさつ》をし、盃をやりとりしているうちに、かなり酔ったのである。

見兼ねた理恵が、代わりに客のもてなしをした。

萩乃と喜代はさっきから、松太郎を交代であやしながら談笑に耽《ふけ》っていた。

以前だったら、萩乃は客に気を遣《つか》い、そんな余裕なんかなかったのに、今日は新一郎と理恵に任せて、好きな相手と好きな会話を楽しんでいた。

あいつもいい婆さんになったな、と伊兵衛は思う。普段は気が付かないことだが、身体も丸みを帯びて、どっしりとして見えた。

清左衛門は赤沢と後藤を相手に、例の飄逸《ひょういつ》な顔でなにか喋っている。

向上心の強い赤沢と後藤が、北町奉行所の様子を尋ねているのだろう。

初と芳江はすっかり打ち解けて、少し不作法なくらい声高に笑っている。

謹之助の妻のまつは、いつの間にか萩乃と喜代の中に溶け込んでいた。

物静かで、ずっと謹之助を支えて来た彼女は、松太郎の顔を覗き込んでは、ニコニコと会話していた。

みんな楽しそうだった。

一年一年歳をとり、年々歳々その姿を変えて行く。

ある者は少年になり、ある者は壮年になり、またある者は老年を迎え、ある者はこの世から去って行く。

なんでもない当たり前のことが、伊兵衛には心の中に重くのしかかって来るのだ。どんなに焦っても、どんなに努力しても、その人の行く道はもう決まっている。人は自分の道を、ひたすら歩いて行くしかないのだ。それが身分社会というものであった。

〈そうだな、おさわ〉

伊兵衛は同意を求めるように、心の中でおさわに言った。

いつもこうしておさわと会話し、心の中に蘇らせ、二人だけの世界に浸るのである。

謹之助は玄朴と話していた。

「いよいよ年貢の納めどきだな」

伊兵衛は、乱暴に謹之助の肩を叩いて言った。

「隠居の話か、止めとけ止めとけ」

謹之助はそう言って、盃を交わした。

「隠居したら、どうしますか？」

玄朴が尋ねた。

「それなのですよ。いくら考えても分からない。役所へ行かない自分が頭に浮かばないのですよ」

「ふんッ、老いさらばえて死ぬだけよ。もう言うな言うな」

酔った謹之助は、身体を揺らしながら言った。

「隠居所はもう出来たのか？」

伊兵衛が聞くと、

「後は屋根だけだ。こけらにするか瓦にするか、迷っているのだ」

「こけらでは許されないだろう」

「なに、庭の小屋くらい大目に見るさ。どうだい、あそこで碁でも打つか」

「ふん、おぬしも覚悟を決めたようだな」

「なーに、旅は道連れ世は情けだ。おぬしに付き合ってやるのよ」

謹之助はなかなか威勢がよかった。

「お二人とも、まだまだですな。その元気で遊び暮らすのは惜しい」

玄朴があいだに入って言った。

「惜しいからって先生、わたしらはずっと町奉行所で飯を食ってきた男だ、これから何が出来るというんです？」

　謹之助が真面目な顔で聞いた。

「わたしのところに佐吉という子供がいるんですがね。日下さんはよく御存知だが――これが先日、こういったんです。先生、俺は医者になる。だから勉強をさせてくれってね」

「ほう」

　謹之助が感心した顔で玄朴を見返した。

　伊兵衛は、佐吉が以前そう言っていたのを思い出して、妙に嬉しかった。

　自分が好きだったおさわが死んで、そう決心したのかも知れない、と勝手に思った。

「お二人で、手習い塾をやられたら如何《いかが》ですか」

「手習い塾を――」

　謹之助は少し呆気《あっけ》に取られていた。

　伊兵衛は伊兵衛で、先日、守田勘兵衛に斬り殺された二人の浪人の哀れさを思って、

「それは無理ですな先生、人にものを教える柄ではありませんよ」

と言った。

「いやいや、人にものを教えるのに資格なんて要りません」

玄朴は本気になって、

「高潔な人格と、情熱があれば誰にでも出来ますよ」

と言った。

「それでは尚更《なおさら》無理です。高潔な人格なんてわれわれの何処《どこ》にあるのですか」

伊兵衛は、身を乗り出して言った。

「わたしが見込んだのだから間違いない。あなたは自分の長所に気付いていないのですよ」

と玄朴が言うのへ、謹之助は顔の前で手を振って、

「気付いてないのではなくて、この男にそんなものはないのですよ、うん」

と言ってのけた。

新吉は夢中で浅草御門を通り抜け、馬喰町を走り、小伝馬町から左に折れて、数寄屋橋の南町奉行所を目指していた。

守田勘兵衛の居所が分かったのである。

新旅籠町の廃寺に誰かいる、という噂を聞きつけ、様子を窺うと、確かに一人の男が潜んでいた。

紛れもなく守田勘兵衛であった。

その祈願寺は数年前から住職がいなくなって、荒れるがままになっていた。

新吉は相手が手練であることから、人を集めて出直すことを決めたのである。

江戸には当時百五十人くらいの御用聞きが居たが、その中の顔見知りに頼んで、江戸中を探し回り、自分は文蔵や辰平と別々になって、神田川の北を回っていたのである。

嘉助が殺されて、新吉は守田勘兵衛を誰よりも必死になって探した。

荒れ果てた祈願寺に人がいる、という噂を聞いたときには、まさかその人間が守田勘兵衛だとは思わなかったが、実際に自分の眼で確かめたときには、総身が震えた。

守田勘兵衛はすぐには逃げぬ、と考えた新吉は、息を切らしながら数寄屋橋の南町奉行所に走ったのである。

町奉行所には矢田部謹之助がいた。

「なに、守田勘兵衛がいた――」

謹之助は咄嗟に困惑の色を見せたが、

「日下殿は、今日は引っ越しのために屋敷の方だが、おめえがこれからひとっ走りしてくれ。新一郎殿やその他の者には、町奉行所から連絡をつける」

と言った。

「分かりやした」

新吉はそう言うと、また数寄屋橋御門を駈け出て行った。

辰平と新一郎は高輪《たかなわ》の大木戸の方へ行っているはずで、文蔵は小石川《こいしかわ》の方を回っていると思われた。

鎌田八郎太も、この江戸のどこかで守田勘兵衛を追っているはずである。

謹之助はみんなに連絡をとり、三・四の大番屋に集める予定であった。

八丁堀の伊兵衛の屋敷では、伊兵衛と弥助が手伝いの者に指図して、母屋と家作の中を入れ換えていた。

襷を掛け、尻はしょりした伊兵衛の姿を初めて見た新吉は、思わず苦笑いしてしまった。

「そうか、浅草の方に逃げていたか」

伊兵衛は真っ直ぐ新吉を見返して言った。その眼が「よくやった」と褒《ほ》めていた。

「みんな三・四に集まるのだな」

「へい。矢田部の旦那がそう伝えて下さるはずです」

伊兵衛は頷くと、母屋の方へ行きかけ、

「おっと、今日からこっちだ」

と独り言を言って、家作の方へ入って行った。

急なことで、どこかぼんやりしていたが、これから大変なことが起こるという予感はあった。

豆腐屋の主人、二人の浪人、そして嘉助と四人も斬り殺した人間を、これから捕縛しに行くのだ。

伊兵衛は刀を腰に差しながら、心のどこかで、守田勘兵衛と斬り合いになるかも知れない、という緊張があった。


午後の七ツに、みんなは三・四の大番屋に顔を揃えた。

鎌田、新一郎、辰平、文蔵、新吉、そして伊兵衛の六人である。

「二人の姉妹はどうする？」

と伊兵衛が言った。

敵討ちのために江戸へ出て、豆腐屋で働いているおしま、おふみのことである。

「あっしが知らせましょう」

と新吉が進み出たが、新一郎は、

「邪魔になるだけでしょう」

と反対した。

伊兵衛はちょっと考えてから、

「連れて行こう」

と言った。

敵を直接討てない代わりに、せめて捕縛されるところを見せたい、という思いがあった。

六人は腹ごしらえをし、捕り物の道具を持って浅草の新旅籠町へ向かった。

途中、長谷川町の豆腐屋には新吉が走っていった。

おしまとおふみは忽《たちま》ち顔青ざめ、それでも気持ちだけは、「いざ、仇討ち」とばかり気負いこんだが、新吉の、

「おねえさん方は手を出してはいけねえ、これは奉行所の仕事だ」

という言葉に、茫然となった顔をした。

伊兵衛は新旅籠町に近づくにつれ、心に秘めていたものが沸沸《ふつふつ》と湧いてくるのを感

じていた。

豆腐屋や二人の浪人の無念さは勿論だが、嘉助の恨みだけはどうしても晴らしてやりたかった。

下っ引の身分ではあるが、一生懸命に町奉行所のために働いていた男である。

中田熊之助に対し、守田勘兵衛を引き渡すように働きかけながら、斬り殺された嘉助に対しては、町奉行所はなんの弔意も示さなかった。

全くの無視である。

いくら手先の存在を認めていないからと言って、それはあくまで表立った規則の問題であった。

中田熊之助も許せない。守田勘兵衛を裏から逃がして置きながら、嘉助が殺されたことには無関心で、公儀もそれに対してなんの沙汰もない。

伊兵衛は腸《はらわた》を見せて死んでいた嘉助の顔が忘れられない。

親も姉も失い、それでも元気に下ッ引として働いていた嘉助が哀れで、どうしてもその怨念を消滅させてやりたかった。

それで身分社会がどう変り、世の中の認識がどうなるかは、伊兵衛自身には全く期待がなかった。

ただ、そうすることで、おのれの心が納得し、おさわの魂に恥じることなく生きることが出来るのだ。

新旅籠町に着いたときには、もう日は落ちていた。

小さな山門には「浄念寺」の文字が微かに読めた。

「勘兵衛は庫裡《くり》の中です」

と新吉が言った。

「二手に別れよう」

伊兵衛は、文蔵、新吉と裏手に回り、表には鎌田、新一郎、辰平を行かせた。

おしまとおふみは、山門を入った石段のところで止められた。

庫裡の中からは灯も見えず、物音一つ聞こえなかった。

たぶん守田勘兵衛は、火の気のないところでひっそりと暮らしているのであろう。

庫裡の表に近づいた鎌田、新一郎らは、抜刀し、中の気配を窺った。

物音はしない。

新一郎は鎌田と眼で合図すると、いきなり板戸に身体ごとぶっつけた。

中は真っ暗である。

素早く動く人の気配があった。

「守田勘兵衛、覚悟しろ！」

「おとなしく縛につけ！」

鎌田と新一郎はそう叫んで、黒い影に向かって刀を突き出した。

バーンと凄い物音がして、人影は裏の板戸を蹴破って飛び出した。

裏で待ち構えていた伊兵衛に、抜かりはなかった。

一瞬、勘兵衛の脇差しと伊兵衛の刀が火花を散らした。

「抵抗を止めろッ」

と伊兵衛は怒鳴り、勘兵衛に斬りつけた。

一合、二合と刃を合わせ、勘兵衛が身体を翻した。

伊兵衛にはもう捕縛する気はなかった。勘兵衛の殺気に狂った太刀風を感じたとき、この男は殺すしかないと思った。

四人を斬った剣法は伊兵衛の見知らぬものだった。

田舎にも優れた剣客がいて、そこで会得したものであろう。太刀捌《さば》きが自由自在で、油断のならない相手であった。

勘兵衛を追い詰めたとき、後ろで新一郎らの声がした。

何を言っているのか分からない。

「俺に任せろ！」

伊兵衛は夢中でそう怒鳴っていた。

自分でも意味の分からない言葉だった。勘兵衛と斬り合っているうち、滾《たぎ》るような怒りが伊兵衛を襲っていた。

この男は俺が斬る。

そう決心すると、火の塊のようになって勘兵衛に襲いかかった。

新一郎らが、周りでなにか怒鳴っている。だが、何を言っているのか伊兵衛には聞こえない。

勘兵衛の刀は鋭く伊兵衛に迫る。

必死にかわす伊兵衛。

脳裏をよぎる人の顔――おさわがなにか叫んでいる。萩乃も懸命に叫んでいる。理恵の顔がある。初の顔がある。小さな顔も混じっている。

新一郎がすぐ横で叫んでいる。

斬られてはならぬ、伊兵衛はそう心で叫ぶと、渾身の力を込めて刀を振り下ろした。

同時に勘兵衛の脇差しが伊兵衛の胸を掠《かす》めていた。

血しぶきが伊兵衛の顔面を濡らす。

脇差しを振り下ろした勘兵衛が、胸から血を噴きながら、ゆっくりと前につんのめって倒れた。

それを見ながら、ふッと伊兵衛の意識が遠のく。

「父上ッ」

新一郎が駆け寄った。

伊兵衛は朧《おぼろ》な意識の中で、おさわの顔を見ていた。

粋で婀娜《あだ》な笑顔が、

「この弱虫」

と言って笑ったような気がした。

長谷川町の豆腐屋は、親父の振り売りよりも店売りの方が多かった。

おしまとおふみの姉妹が、故郷の烏山《からすやま》には帰らず、この店でずっと働くことになったので、朝夕、周りの人々が買いに来たからであった。

新吉はすっかり喜んだ。姉妹の店で豆腐を買って、おくめのところへ遊びに行く日がめっきり多くなった。

季節は霜月になっていて、家作の方に移った伊兵衛夫婦は、狭い家の暮らしにもすっかり馴れ、今年限りで町奉行所を辞める伊兵衛は、せっせと町の治安のために働いた。

「わしも一緒に辞めるか」

謹之助はそう言って、むしろ嬉しそうに辞表を奉行所に出した。

「さて、おぬしとわしの今後だが、一体なにをして暮らすかな」

伊兵衛が言うと、

「玄朴先生が言ったではないか、手習い塾でも始めろと」

謹之助は意外に、真面目な顔をしてそう答えた。

「ふん、柄ではないよ。資格が無いと言ったのはおぬしではないか」

伊兵衛がそう言うと、

「まあ、当たって砕けろだ。案外、子供と遊ぶのも性に合っているかも知れん」

謹之助は照れた顔をして、あははと笑った。

何れ引退の祝いには、みんなの前で発表しなければならないが、妻の萩乃にそのことを相談すると、

「学問だけではなくて、師の長所や欠点も教えることになるのですよ」

と萩乃は言い、

「きっと、よい子供たちが集まって来るでしょう」

と微妙な発言をした。

伊兵衛は、「よい子供たちが集まって来るでしょう」という件《くだり》だけを心におさめた。

その胸中には、おさわの「お酒を、二人で飲もうね」といった言葉が、しがらみのようにまだ息づいていた。

臨時廻り同心日下伊兵衛――了

本書は文庫書下ろし作品です。

|著者|押川國秋　昭和10年宮崎県生まれ。中央大学法学部卒。東映脚本課を経てフリーの脚本家に。『遠山の金さん』『人形佐七捕物帳』『旗本退屈男』など、おなじみの映画・テレビドラマの脚本を手がける。平成11年、『十手人』（講談社文庫）で第10回時代小説大賞を受賞。最後の受賞者となる。このほか、『勝山心中』『辻斬り』（講談社文庫）『人斬り忠臣蔵』（幻冬舎）『下郎の首　呉服橋同心』（廣済堂文庫）などがある。本書は『捨て首』『中山道の雨』『母の剣法』『佃の渡し』に続き、同心父子を描く「臨時廻り同心日下伊兵衛」シリーズの第５弾。

八丁堀《はつちようぼり》日和《びより》　臨時《りんじ》廻《まわ》り同心《どうしん》日下《くさか》伊兵衛《いへえ》

押川國秋《おしかわくにあき》

2007年12月14日第１刷発行

講談社文庫

定価はカバーに
表示してあります

発行者――野間佐和子
発行所――株式会社　講談社
東京都文京区音羽2-12-21　〒112-8001
電話　出版部（03）5395-3510
　　　販売部（03）5395-5817
　　　業務部（03）5395-3615

Printed in Japan

デザイン―菊地信義
本文データ制作―講談社プリプレス制作部
印刷―――豊国印刷株式会社
製本―――株式会社若林製本工場

落丁本・乱丁本は購入書店名を明記のうえ、小社業務部あてにお送りください。送料は小社負担にてお取替えします。なお、この本の内容についてのお問い合わせは文庫出版部あてにお願いいたします。

ISBN978-4-06-275912-0

講談社文庫刊行の辞

二十一世紀の到来を目睫に望みながら、われわれはいま、人類史上かつて例を見ない巨大な転換期をむかえようとしている。

世界も、日本も、激動の予兆に対する期待とおののきを内に蔵して、未知の時代に歩み入ろうとしている。このときにあたり、創業の人野間清治の「ナショナル・エデュケイター」への志を現代に甦らせようと意図して、われわれはここに古今の文芸作品はいうまでもなく、ひろく人文・社会・自然の諸科学から東西の名著を網羅する、新しい綜合文庫の発刊を決意した。

激動の転換期はまた断絶の時代である。われわれは戦後二十五年間の出版文化のありかたへの深い反省をこめて、この断絶の時代にあえて人間的な持続を求めようとする。いたずらに浮薄な商業主義のあだ花を追い求めることなく、長期にわたって良書に生命をあたえようとつとめるところにしか、今後の出版文化の真の繁栄はあり得ないと信じるからである。

同時にわれわれはこの綜合文庫の刊行を通じて、人文・社会・自然の諸科学が、結局人間の学にほかならないことを立証しようと願っている。かつて知識とは、「汝自身を知る」ことにつきていた。現代社会の瑣末な情報の氾濫のなかから、力強い知識の源泉を掘り起し、技術文明のただなかに、生きた人間の姿を復活させること。それこそわれわれの切なる希求である。

われわれは権威に盲従せず、俗流に媚びることなく、渾然一体となって日本の「草の根」をかたちづくる若く新しい世代の人々に、心をこめてこの新しい綜合文庫をおくり届けたい。それは知識の泉であるとともに感受性のふるさとであり、もっとも有機的に組織され、社会に開かれた万人のための大学をめざしている。大方の支援と協力を衷心より切望してやまない。

一九七一年七月

野間省一

講談社文庫 最新刊

石田衣良　**てのひらの迷路**
母との別れを綴った私小説、ファンタジー等、人気作家が贈る美しくちいさな二十四の物語。

奈須きのこ　**空の境界（中）**
目覚めの刻。世界が、否、己が変わっていた。そして少女は煌《きら》めくナイフを握り、怪異を追う。

真山　仁　**虚像《メディア》の砦**
報道とバラエティ、テレビ局で働く二人の苦悩と葛藤。巨大メディアが抱える暗部とは？

田中芳樹　編訳　**岳飛伝（三）**〈風塵篇〉
精強さを増す岳家軍、金の大軍勢と激突す！歴史に名高い秀麗な女将軍・梁紅玉も大活躍。

高里椎奈　**蒼い千鳥 花霞に泳ぐ**〈薬屋探偵妖綺談〉
秋はドラッグストアのバイト、座木は高校入学直後の春。第8弾は深山木薬店開業前夜譚。

島田荘司　**21世紀本格宣言**
今「本格」とは何か、どこを目指すべきか。ミステリーを愉しみ、創作する人の必読書。

岩瀬達哉　完全版　**年金大崩壊**
なぜ、私たちの年金はかくも崩壊したのか。「からくり」を明らかにする七年間の集大成。

江上　剛　**頭取無惨**
経営破綻の夜、頭取が急死。エリートと呼ばれた銀行員の生き様とは？革命が始まる。

秦　建日子　**チェケラッチョ!!**
沖縄北部の町に暮らす高校生、唯と透たちの、恋とラップの青春ストーリー。映画化原作！

衿野未矢　**男運を上げる 15歳ヨリウエ男**〈悩める女の厄落とし〉
あなたの男運を上げるのは、15歳以上年上の〝ヨリウエ男〟！実例ルポ。〈文庫書下ろし〉

西澤保彦　**生《いけ》贄《にえ》を抱《だ》く夜《よ》**
神麻嗣子シリーズ第7弾。友人の死体が、なぜ密室に突如現れたのか？表題作ほか6編。

椰月美智子　**十二歳**
〝おとなになる途中〟の、「最初の一年間」を瑞々《みずみず》しく描く。講談社児童文学新人賞受賞。

講談社文芸文庫

幸田文

黒い裾

主人公・千代の半生を、喪服に託して哀感を込めて綴る表題作を始め、「勲章」「姦声」「糞土の墻」など、人生の機微を清新な文体で描く幸田文学の味わい深い第一創作集。

解説＝出久根達郎　年譜＝藤本寿彦

こF9　198497-4

舟橋聖一

相撲記

土俵、仕切、行司の変遷、名力士の技倆の分析等、迫りくる戦火のなか、伝統美としての相撲を死守すべく、膨大な知識と熱意でもって綴られた異色の日本文化論。

解説＝轡田隆史　年譜＝久米勲

ふH2　198499-8

講談社文芸文庫編

日本の童話名作選　現代篇

七〇年を境に童話は大きく変貌、異次元ファンタジーの名作が数多生まれる一方、受験戦争に蝕まれる十代の心を描くＹＡ《ヤングアダルト》文学も登場。現代の秀作二十六篇。

解説＝野上暁

こJ23　198498-1

逢坂　剛　燃える蜃気楼(上)(下)
逢坂　剛　新装版 カディスの赤い星(上)(下)
逢坂　剛／M・ルブラン原作　奇　巌　城
オノ・ヨーコ／飯村隆彦編　ただの私《あたし》
オノ・ヨーコ／南風　椎訳　グレープフルーツ・ジュース
折原　一　倒錯のロンド
折原　一　水の殺人者
折原　一　黒衣の女
折原　一　倒錯の死角〈201号室の女〉
折原　一　101号室の女
折原　一　異人たちの館
折原　一　耳すます部屋
折原　一　倒錯の帰結
折原　一　蜃気楼の殺人
折原　一　叔母殺人事件〈偽りの館〉
大橋巨泉　巨　泉〈人生の選択〉
大橋巨泉　巨泉流 成功！海外ステイ術
太田忠司　紅《べに》天蛾《すずめ》〈新宿少年探偵団〉
太田忠司　鴇色の仮面〈新宿少年探偵団〉

太田忠司　まぼろし曲馬団〈新宿少年探偵団〉
太田忠司　黄昏《たそがれ》という名の劇場
小川洋子　密やかな結晶
小川洋子　ブラフマンの埋葬
小野不由美　月の影　影の海(上)(下)〈十二国記〉
小野不由美　風の海　迷宮の岸〈十二国記〉
小野不由美　東の海神《わだつみ》　西の滄海〈十二国記〉
小野不由美　風の万里　黎明の空(上)(下)〈十二国記〉
小野不由美　図南の翼〈十二国記〉
小野不由美　黄昏の岸　暁の天〈十二国記〉
小野不由美　華胥《かしょ》の幽夢《ゆめ》〈十二国記〉
乙川優三郎　霧の橋
乙川優三郎　喜知次
乙川優三郎　屋《おく》烏《う》
乙川優三郎　蔓の端々
乙川優三郎　夜の小紋
恩田　陸　三月は深き紅の淵を
恩田　陸　麦の海に沈む果実
恩田　陸　黒と茶の幻想(上)(下)

恩田　陸　黄昏の百合の骨
奥田英朗　ウランバーナの森
奥田英朗　最　悪
奥田英朗　邪　魔(上)(下)
奥田英朗　マドンナ
乙武洋匡　五体不満足〈完全版〉
乙武洋匡　乙武レポート〈'03版〉
大崎善生　聖《さとし》の青春
大崎善生　将棋の子
大崎善生　編集者T君の謎〈将棋業界のゆかいな人びと〉
押川國秋　十手人
押川國秋　勝山心中
押川國秋　捨て首〈臨時廻り同心日下伊兵衛〉
押川國秋　中山道の雨〈臨時廻り同心日下伊兵衛〉
押川國秋　母の剣法〈臨時廻り同心日下伊兵衛〉
押川國秋　佃の渡し〈臨時廻り同心日下伊兵衛〉
押川國秋　辻斬り
押川國秋　八丁堀日和〈臨時廻り同心日下伊兵衛〉
大平光代　だから、あなたも生きぬいて

加来耕三 「風林火山」武田信玄の謎
加来耕三 天璋院篤姫と大奥の女たちの謎〈徹底検証〉
香納諒一 雨のなかの犬
神崎京介 女 薫 の 旅
神崎京介 女薫の旅 灼熱つづく
神崎京介 女薫の旅 激情たぎる
神崎京介 女薫の旅 奔流あふれ
神崎京介 女薫の旅 陶酔めぐる
神崎京介 女薫の旅 衝動はぜて
神崎京介 女薫の旅 放心とろり
神崎京介 女薫の旅 感涙はてる
神崎京介 女薫の旅 耽溺《たんでき》まみれ
神崎京介 女薫の旅 誘惑おって
神崎京介 女薫の旅 秘に触れ
神崎京介 女薫の旅 禁の園へ
神崎京介 女薫の旅 色と艶と
神崎京介 女薫の旅 情の限り
神崎京介 女薫の旅 欲の極み
神崎京介 女薫の旅 愛と偽り

神崎京介 女薫の旅 今は深く
神崎京介 滴《しずく》
神崎京介 イントロ
神崎京介 イントロ もっとやさしく
神崎京介 愛 技
神崎京介 無垢の狂気を喚び起こせ
神崎京介 h エッチ
神崎京介 h+ エッチプラス
神崎京介 h+α《エッチプラスアルファ》
加納朋子 ガラスの麒麟
加納朋子 コッペリア
かなざわいっせい ファイト!〈麗しの名馬、愛しの馬券〉
鴨志田穣 西原理恵子 アジアパー伝
鴨志田穣 西原理恵子 どこまでもアジアパー伝
鴨志田穣 西原理恵子 煮え煮えアジアパー伝
鴨志田穣 西原理恵子 もっと煮え煮えアジアパー伝
鴨志田穣 西原理恵子 最後のアジアパー伝
鴨志田穣 西原理恵子 カモちゃんの今日も煮え煮え
角岡伸彦 被差別部落の青春

角田光代 まどろむ夜のUFO
角田光代 夜かかる虹
角田光代 恋するように旅をして
角田光代 エコノミカル・パレス
角田光代 ちいさな幸福〈All Small Things〉
角田光代 あしたはアルプスを歩こう
角田光代 庭の桜、隣の犬
川井龍介 122対0の青春〈深浦高校野球部物語〉
金村義明 在日魂
姜尚中 「アリエス」編集部編 姜尚中にきいてみた!〈東北アジア・ナショナリズム問答〉
岳真也 密事《みそかごと》
岳真也 溺《おぼ》れ花《ばな》
片山恭一 空のレンズ
風野潮 ビート・キッズ Beat Kids
風野潮 ビート・キッズⅡ〈Beat Kids Ⅱ〉
川端裕人 せちやん〈星を聴く人〉
鹿島茂 平成ジャングル探検
片川優子 佐藤さん
神山裕右 カタコンベ

講談社文庫　目録

金田一春彦・安西愛子 編　日本の唱歌 全三冊
岸本英夫　死を見つめる心〈ガンとたたかった十年間〉
北方謙三　君に訣別の時を
北方謙三　われらが時の輝き
北方謙三　夜の終り
北方謙三　帰路
北方謙三　錆びた浮標《ブイ》
北方謙三　汚名の広場
北方謙三　活路
北方謙三　余燼(上)(下)
北方謙三　夜の眼
北方謙三　逆光の女
北方謙三　行きどまり
北方謙三　真夏の葬列
北方謙三　試みの地平線〈伝説復活編〉
北方謙三　煤煙
菊地秀行　魔界医師メフィスト〈黄泉姫《よみひめ》〉
菊地秀行　魔界医師メフィスト〈影斬士《えいざんし》〉
菊地秀行　魔界医師メフィスト〈怪屋敷〉

菊地秀行　吸血鬼ドラキュラ
北原亞以子　深川澪通り木戸番小屋
北原亞以子　深川澪通り燈ともし頃
北原亞以子　新地橋〈深川澪通り木戸番小屋〉
北原亞以子　夜の明けるまで〈深川澪通り木戸番小屋〉
北原亞以子　降りしきる
北原亞以子　風よ聞け〈雲の巻〉
北原亞以子　贋作天保六花撰《うそばっかりえどのはなし》
北原亞以子　花冷え
北原亞以子　歳三からの伝言
北原亞以子　お茶をのみながら
岸本葉子　三十過ぎたら楽しくなった！
岸本葉子　女の底力、捨てたもんじゃない
桐野夏生　顔に降りかかる雨
桐野夏生　天使に見捨てられた夜
桐野夏生　ＯＵＴ《アウト》(上)(下)
桐野夏生　ローズガーデン
桐野夏生　ダーク(上)(下)
京極夏彦　文庫版 姑獲鳥《うぶめ》の夏

京極夏彦　文庫版 魍魎《もうりょう》の匣《はこ》
京極夏彦　文庫版 狂骨《きょうこつ》の夢《ゆめ》
京極夏彦　文庫版 鉄鼠《てっそ》の檻《おり》
京極夏彦　文庫版 絡新婦《じょろうぐも》の理《ことわり》
京極夏彦　文庫版 塗仏《ぬりぼとけ》の宴《うたげ》―宴の支度
京極夏彦　文庫版 塗仏の宴―宴の始末
京極夏彦　文庫版 百鬼夜行―陰
京極夏彦　文庫版 百器徒然袋―雨
京極夏彦　文庫版 今昔続百鬼―雲
京極夏彦　文庫版 陰摩羅鬼《おんもらき》の瑕《きず》
京極夏彦　分冊文庫版 姑獲鳥《うぶめ》の夏(上)(下)
京極夏彦　分冊文庫版 魍魎《もうりょう》の匣《はこ》(上)(中)(下)
京極夏彦　分冊文庫版 狂骨《きょうこつ》の夢《ゆめ》(上)(中)(下)
京極夏彦　分冊文庫版 鉄鼠《てっそ》の檻《おり》全四巻
京極夏彦　分冊文庫版 絡新婦《じょろうぐも》の理《ことわり》(一)(二)
京極夏彦　分冊文庫版 絡新婦《じょろうぐも》の理《ことわり》(三)(四)
京極夏彦　分冊文庫版 塗仏《ぬりぼとけ》の宴《うたげ》 宴の支度《したく》(上)(中)(下)
京極夏彦　分冊文庫版 塗仏《ぬりぼとけ》の宴《うたげ》 宴の始末《しまつ》(上)(中)(下)
京極夏彦　分冊文庫版 陰摩羅鬼《おんもらき》の瑕《きず》(上)(中)(下)

講談社文庫　目録

京極夏彦　文庫版百器徒然袋―風
北森　鴻　狐　罠
北森　鴻　メビウス・レター
北森　鴻　花の下にて春死なむ
北森　鴻　狐　闇
北森　鴻　桜　宵
北森　鴻　親不孝通りディテクティブ
北森　鴻　螢　坂
北村　薫　盤上の敵
岸　惠子　30年の物語
霧舎　巧　ドッペルゲンガー宮〈《あかずの扉》研究会流氷館へ〉
霧舎　巧　カレイドスコープ島〈《あかずの扉》研究会竹取島へ〉
霧舎　巧　ラグナロク洞〈《あかずの扉》研究会影郎沼へ〉
霧舎　巧　マリオネット園《ランド》〈《あかずの扉》研究会首吊塔へ〉
霧舎　巧　霧舎巧傑作短編集
きむらゆういち　あべ弘士絵　あらしのよるにⅠ
きむらゆういち　あべ弘士絵　あらしのよるにⅡ
木村元子　松田裕子　私の頭の中の消しゴム アナザーレター
木内一裕　藁　の　楯

北山猛邦　『クロック城』殺人事件
黒岩重吾　古代史への旅
黒岩重吾　天風の彩王(上)(下)〈藤原不比等〉
黒岩重吾　中大兄皇子伝(上)(下)
栗本　薫　優しい密室
栗本　薫　鬼面の研究
栗本　薫　伊集院大介の冒険
栗本　薫　伊集院大介の私生活
栗本　薫　伊集院大介の新冒険
栗本　薫　仮面舞踏会〈伊集院大介の帰還〉
栗本　薫　怒りをこめてふりかえれ
栗本　薫　青の時代〈伊集院大介の薔薇〉
栗本　薫　早春の少年〈伊集院大介の誕生〉
栗本　薫　水曜日のジゴロ〈伊集院大介の探究〉
栗本　薫　真夜中のユニコーン〈伊集院大介の休日〉
栗本　薫　身も心も〈伊集院大介のアドリブ〉
栗本　薫　聖者の行進〈伊集院大介のクリスマス〉
栗本　薫　新装版 ぼくらの時代
黒井千次　カーテンコール

倉橋由美子　よもつひらさか往還
倉橋由美子　老人のための残酷童話
黒柳徹子　窓ぎわのトットちゃん
久保博司　日本の検察
久保博司　新宿歌舞伎町交番
久保博司　歌舞伎町と死闘した男〈続・新宿歌舞伎町交番〉
黒川博行　燻　り
黒川博行　てとろどときしん〈大阪府警・捜査一課事件報告書〉
黒川博行　国　境
久世光彦　夢あたたかき〈向田邦子との二十年〉
黒田福美　ソウル マイハート
黒田福美　となりの韓国人〈傾向と対策〉
倉知　淳　星降り山荘の殺人
倉知　淳　猫丸先輩の推測
熊谷達也　迎え火の山
鯨統一郎　北京原人の日
鯨統一郎　タイムスリップ森鷗外
鯨統一郎　タイムスリップ明治維新
鯨統一郎　富士山大噴火

2007年12月15日現在